KB269274

저 청소일 하는데요?

조금 다르게 살아보니
생각보다 행복합니다

저 청소일
하는데요?

김가지
글·그림

다시 책을 펴내며

2019년 2월 7일, 마치 기다렸다는 듯이 제 생일에 맞춰 이 책이 세상에 나왔습니다. 그래서인지 제게 가장 특별한 선물이 되어준 책이었습니다.

시간이 흘러 어느덧 6년.

2025년의 청소부 김예지는 11년 차, 프리랜서 작가 김예지는 6년 차가 되었습니다. 달라진 점이 있다면, '코피루왁 김예지'에서 '김가지'로 작가로의 활동명을 바꾼 것이 있겠죠. 그 외에는 특별함 없이, 여전히 두 가지 일을 병행하고 있습니다. 지난 2024년에는 『저 청소일 하는데요?』 이후의 이야기를 담은 『그만둘 수 없는 마음』도 선보였습니다.

청소일을 하며 그림을 그리고 책을 만들어온 지난 시간 동안, 저를 정의하는 새로운 단어들도 만났습니다. 그중 하나가 바로 'N잡러'라는 신조어였어요. (지금은 모두에게 익숙해진 단어가 되었죠.)

또 저처럼 사회적 편견을 넘어 자신만의 일을 찾아가는 사람들, 새로운 방식으로 일과 삶을 창조해내는 사람들도 만났습니다. 그렇게 저는 미처 몰랐던 삶의 다양성을 배우며 조금씩 성장했습니다.

하지만 여전히 편견은 견고합니다.

'조금 다르게 살아보니 생각보다 행복합니다.'라고 생각했던 저였지만, 세상의 뾰족하고 날카로운 시선에 종종 아프기도 합니다.

세상을 바꾸기엔 6년이라는 시간이 너무 짧았는지도 모르겠습니다. 그리하여 이 책이 다시 한번 새롭게 단장하여 여러분 곁을 찾아갑니다. 조금 더 오래, 조금 더 강하게 편견과 싸워주길 바라면서 말이죠.

시간의 흐름만큼 두텁고 단단한 바람을 담았지만, 과하게 치장하지는 않았습니다. 첫 책 그대로의 모습을 여전히 간직한 채, 서툴지만 용감했던 '시작'의 마음을 오래도록 같이 나누고 싶습니다.

이 책을 읽고 계신 당신께 진심으로 고마운 마음을
전합니다.
또 다른 김예지들에게 위안과 용기가 되어주는 이야
기가 되길 간절히 바랍니다.
언제나 건강하시고 평안하시기를.

2025년 여름,

김 가 지

차례

프롤로그

보편적이지 않은 일을 선택하면서
많은 편견을 만났습니다.
그 편견은 타인이 만들어준 것도 있었고,
저 스스로 만들었던 것도 있습니다.
좋고 싫음을 떠나 소수의 삶은 조금 외로웠습니다.
그렇지만 누가 보기에도 보편적이지 않은 '청소일'은
이내 저에게 보편적이지 않은 '삶'을 선물해줬습니다.
가끔은 익숙하지 않은 길로 돌아가보는 것도 나쁘지 않겠다는 생각이 들었습니다.
조금 다르게 살아보니, 생각보다 행복합니다.
그래서 말인데 좀 다르면 안 되나요?

01 월·수·금 시간표

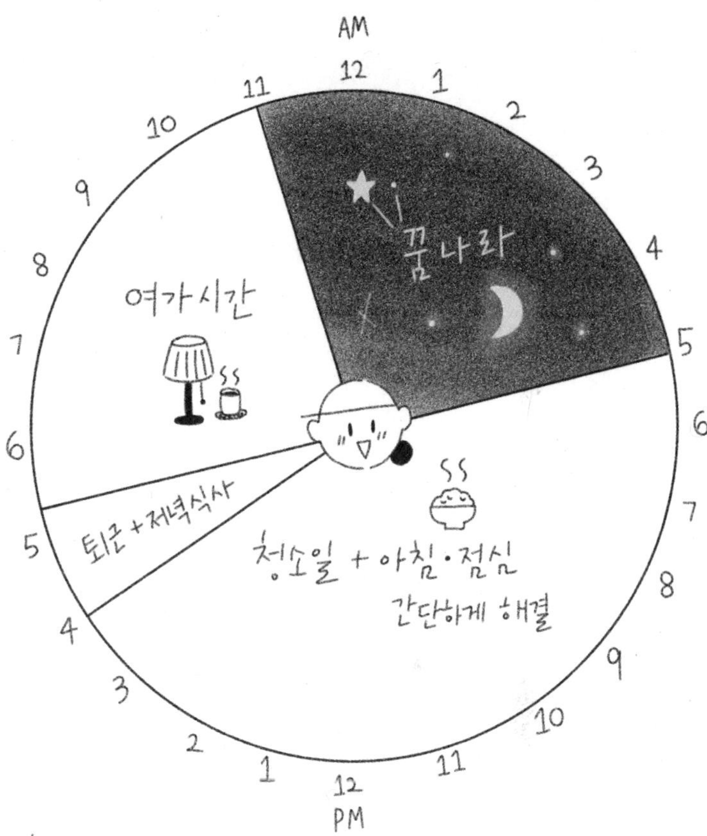

추가사항

√ 화·토요일은 일을 하지 않아요.

√ 목요일은 오전 일찍 일이 끝나요.

√ 위 시간표는 유동적인데, 2019. 1월 기준 시간표입니다.

계절

벚꽃도 피고
개나리도 피고
철쭉도 피고
푸릇한
새싹들
신난당!
흔들어보세!
에취!

일할 때 복장의 빈틈들
손목
발목
뒷목
구워줄게
지글 — 지글
잘 구워졌군
노—릇
노—릇—
캬~
나의 여름 자국들—!

가을

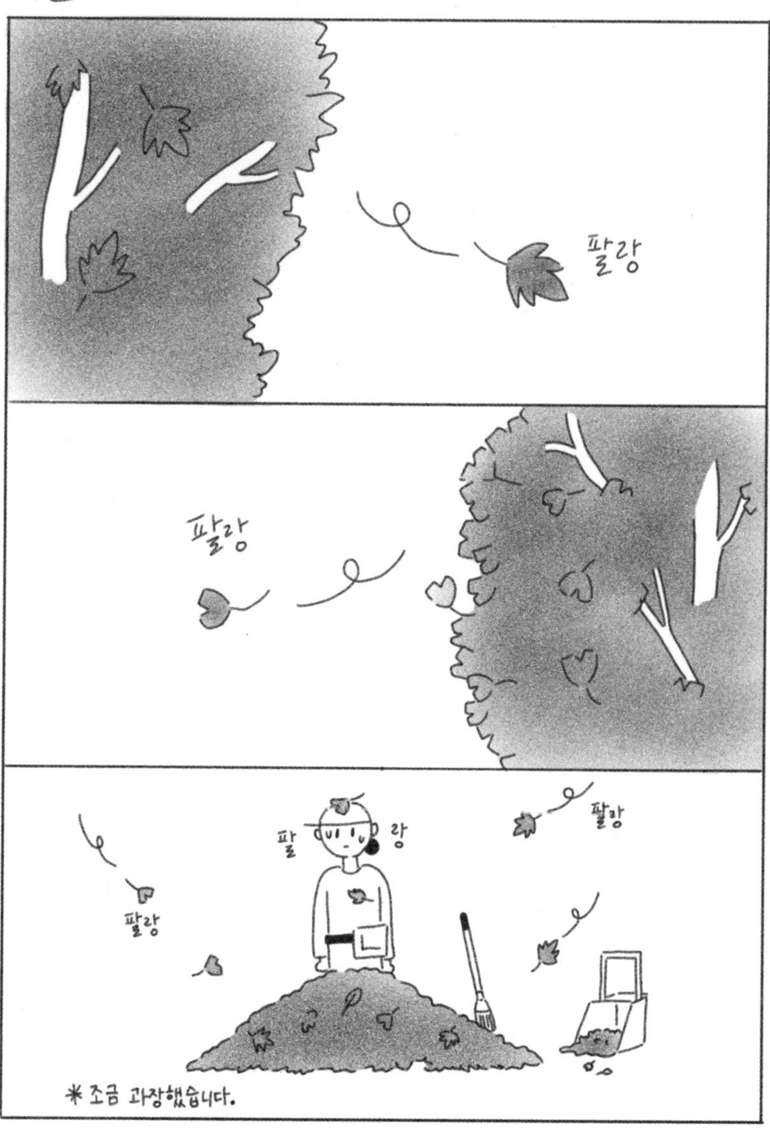

※ 조금 과장했습니다.

겨울

그렇지만 어른인걸요?!

학창시절
예지는 장래 희망이 뭐니?
무언가 되고 싶은 게 있다는 건
디자이너요!
미래를 꿈꾸는 학생이라는 뜻이었고,
이번 디자인은요
모두들 응원해줬다.
파이팅!!
그래 꼭 되길 바라! 선생님이 응원할게!
그에 맞는 공부를 하고 학원을 다니고
부모님의 지원 아래 꿈을 꿨다.
오야
다녀왔어요.

그렇게 대학까지 졸업하면

여태껏 꿈꿔온 내가 되어야 한다.
이번 디자인은요.

그런데 되지 못했다면?
라고 말해보고 싶네?

이젠 나 스스로 책임져야 할 시기인데
하.....
핸드폰비 내야 되는데

하고 싶은 일로 생계를 책임지기 힘들 때
돈이 없네?

어떡할 거니?
어쩌지.....

무턱대고 버텨볼 거니?
엄마...
나 용돈 좀...
굽신

그럴 수 없다는 걸 우린 잘 안다.
없어
하하
그...
그렇지?

그렇게 우리는 어른이 되어
취업사이트
기웃

나를 책임진다.
LTE
10:30
ㅎㄴ은행
교통비 - 30,000출금
ㅎㄴ은행
핸드폰비 - 90,000출금
ㅎㄴ은행
학자금이자 - 81,250출금

그러니 열받는 상황에서도
난 별다방밖에
안 먹거든??
다시 사와!!
네...

너무 힘들어도
누가 또
변기를 막아놨어
푹 쑥
푹 쑥

우리가 보았던 부모님 처럼
자는구나
그 지겹고 힘든 돈벌이를
아이고~ 이제야 다리 펴고 앉아보네!
쉬이 포기할 수 없다.
생긴 건 믹스커피도 주기 아깝게 생겨가지곤!
아무거나 X먹지 진짜!
나의 꿈은 아직 저 먼발치에 있지만
꿈
일단 한발 앞에 있는 생활이 먼저다.
으악!
꿈
펑!
현실
우린 그렇게 돈 버는 어른이 됐다.

이 일을 하게 된 이유

다니던 회사를 나왔다.
사직서
수
여러 가지 이유가 있었지만
그만두는 이유!
1. 적은 월급
2. 출퇴근 시간
3. 회사적응력
4. 그림 그리고 싶어!
이유 중 하나인 '그림 그리기'를 하고 싶었다.
Sketch Book
회사를 그만두고 포폴도 만들고,
열심
열심
ㄲㄱㄱㄱ
학원도 다니고
오늘은 자신을
동물로 표현해서
그려봐요-!
이력서도 썼다.

떨어지고

죄송합니다.
귀하는 이번 상반기
채용에 불합격
하셨습니다.
다른 기회에
만나뵙기를 바랍니다.

또 떨어지고,

메일
전체메일
• 안녕하세요. ○○회사
안녕하세요.
이번 채용에 참여
감사합니다.
안타깝게도 이번치
죄송합니다.

통장 잔고도 떨어지고.....
텅장
꼬르륵
돈 줘.....

어쩌나

원하던 회사에 줄줄이 낙방해서 가고 싶은
곳이 없어졌고,
없어...

돈도 없어졌다.
한 푼만 줍쇼.

그때 엄마가 이 일을 제안했다.
엄마랑 일 해볼래?
시간 조절이 되니 남는 시간엔 그림을 그리고
닫기
+0111111
다른 시간엔 꽤 괜찮은 수입을 올릴 수 있으니
참된 노동!
값진 대가!
같이 해보자고.
하아
하아
나도 회사보단 프리랜서를 원했다.
FREEDOM!!
하지만 프리랜서는 고정 수입 보장이 어려웠다.
하하……
수입도 FREEDOM!

고정 지출이 있는 나였기 때문에,
돈 줘
나도
학자금
핸드폰 요금
보
고정 수입이 절실했다.
하하...
없어...
돈 달라고
그런 나에게 이 일은 여러 가지 장점을 가졌고,
자! 돈 받아라!
꺄호!
학자
현재에도 그 장점은 유효하다.
후후후
사장 김예지
그래서 나는 선뜻
합시다!
이 일을 하게 되었다.
깔끔이 청소 나가신다!

가끔은 내가 제일 가혹하다

가끔은 내가 제일 가혹하다

너의 위로가
잘하고 있어!
그러니깐 힘내자.
응...
힘내자...
부정이에게 먹힌다
힘 내자...
아그작
아그작
잘하고 있긴
개뿔!!
실패자!
따라 해!
윽!
난 망했다!

나는 경력도 없어
하는 일도 잘 안 풀려.
뭐…
그림은 잘 돼가?
대리
경력직
맞지?
이 실패자야!
진짜?
나 망했어~?!
가끔은 내가 제일 가혹하다.
내가
망했대!

그래서 나는 뭐 하는 사람일까?

청소를 하는 나와
그림을 그리는 나.
무슨 일 하세요?
라는 질문은
선택권을 준다.
선택지
설명이 필요한 직업과
??
그게 어떤 거죠?
청소일 해요
설명은 필요 없지만, 확실하지 않은 직업
일러스트레이터입니다.
(돈 못 버는)
그렇군요.

그래서 '무슨 일 하세요?'라는 질문을 받으면, 당황한다.
어버버
(지금은 그렇지 않지만)
청소일로 돈 벌고
일러스트레이터로 자아실현 합니다.
요즘은 이렇게 말한다.
그래서 나는 뭐 하는 사람일까?
결론적으로 청소일도 하고
그림도 그리는,
두 가지 일을 하는 사람이죠.

노동가

노동가

고로워도
으으,,, 5분만,,,
슬퍼도
더 자고 싶다고,,,
나는 출근해.
터벅
터벅
참고 참고 또 참지
잠 깨!
찰-싹!
출근 왜 안 해一♪
따라와
질-
질-
웃으면서 달려보자 출근길을!
하하하

월급날 바라보며 노래하자.
월급~
월급~
제일신나♪
입금소리♪
떠링!
내 이름은 내 이름은
내 이름은!
노예!
살려줘
돈의 노예!
50000
꿇어!
아이고
속세의 노예!
사람 구실!
일해랏!

08

괜찮은 척

그림으로 생계가 어려울 때
메일 0통
오늘도 작업 의뢰가 없군

청소오 너무 힘들 때
너무 더워서 녹음
호엥

친구들을 만나면
요즘 잘지내지?

잘 지내고 있지~

대부분 잘 지낸다고 말한다.
너희는 잘 지내지?

혹은 힘들지... 라고 말해요

그래도 힘내야지!
금세 긍정 봇이 된다.
짠!
힘 내 자 ─!
그러곤 집으로 돌아올 때
사실은 안 괜찮아
라고 생각했다.
진짜 마음은
으엥~
힘들오!
결국 내가 달래야 하는 것.
우쭈쭈─
흑흑

그대들의 노고에
아! 내일 출근!
싫어!
굳이 내 안 괜찮음을 공유하기가
야! 나 정말 힘들고!
왜 그림으로 일 안 들어와?
인생 망함!
미안하여라.
숙ㅡ연
힘내....
그러니 내 마음아
응?
내가 잘 들어줄게.
그랬구나
어쩌구ㅡ
진짜로 괜찮아질 때까지.
고마워!

근데 틀린 말 같진 않네

근데 틀린 말 같진 않네

집에 오는 길 차 안
뭐냐 그거……
예지야 오빠도 일 시작하면 그…… 그……
?
복종하겠습니다
엉엉
그래! 개 목걸이! 그거 하고 다니지?
개 목걸이……
설마…… 사원증 말하는 거 아니지?
까르르
아이고! 그래 사원증!
개 목걸이……
근데 틀린 말 같진 않네?

도망가고 싶은 마음

가끔 반복적인 일을 할 때면
인생이 지루하게 느껴져.
정말 노잼…
그 반복의 소중함은 어느새
이렇게 일이 있다는 건 좋은 거야!
벗어날 수 없는 굴레가 되지.
근데 언제까지 이 길로만 가야 하지?
소ㅡ름!
도망갈 수 없다는 걸 알고
그만두면 내 용돈은? 생활은?
생계
해내야 하는 일인 걸 알지만
해내야지
책임감
독립성
그ㅔ 그렇지

왠지 모르게 도망가고 싶어져.
힐끔
잠시 숨 좀 고르고 싶다…
그럴수록 같은 일이지만 무겁고,
하…
힘들다…
버겁게만 느껴지네?
하…
지겹고 힘들고!
집에 가고 싶다…
난 이 굴레에서 어쩌면 좋을까?
으―악!
책임감 없는 사람은 싫어.
노세 노세
젊어서 놀아~♪
아 몰라~
그렇다면 어떡하지?
저렇게 살고 싶진 않다…
흠…

또다시 괜찮아지길 기도하지.
비나이다 -
비나이다 -
분명 예전처럼 제자리로 갈 거야.
오늘도 힘찬 하루!
도망가는 길 말고
슬금
슬금
당당히 벗어나거나
이제 다른 일을 해보겠소!
??
사표
현재를 충분히 인정해야지.
도망가 봤자 -!
달라지는 거 없어.
그렇지만 도망가고 싶은 마음은 충분히 이해해.
사람이라면 그럴 때도 있지 뭐!

꿈을 꾸는 젊은이 1

넌 뭐 하고 싶어?
나? 음... 모르겠네?
딱히 없니?
음... 딱히?
꿈을 꾸는
젊은이들이여
도전하라!
꿈을 꾸는
젊은이들이여
도전하라!
· · ·

꿈을 꾸는 젊은이 2

넌 뭐가 하고 싶은데?
난 일러스트 작가.
좋겠다. 꿈이 있어서!
하하,, 뭐,,,
꿈이 있지만 불확실한걸…
나도 무언갈 꿈꾸고 싶다….

13

마음이 아팠다

청소일이 창피하고
으... 싫다.

그림은 전혀 진척이 없던 때
와하하
뭘 그리냐!

자꾸만 움츠러들고
흑 흑...

사람 만나는 게 버거웠다.
예지야
언제 시간 돼?
만나자!
미안...
좀 바쁘네...

풀리지 않은 매듭이 있는데
꽈-악

아닌 척 웃음이 나오질 않았다.
하하....
꽈-악

이유 없이 눈물이 났고,
응?
삶의 의욕이 없었다.
하…
지겨워…
무엇을 위해 사는 걸까?
으어어
좀비가
된 것 같아.
한없이 작아지니 끝이 없었다.
예지
어딨니?
요기
안 되겠단 생각이 들었다.
다시 켜져야 해!
그때 처음으로 선생님을 만났다.
안녕하세요.
쭈뼛
안… 녕하세요…
ㄷ-득

그 이후 선생님과 익숙해졌을 때
청소일에 대해 이야기했다.
선생님 저 청소일이 너무 하기 싫어요.
그럼 왜 하고 있죠?
뜨끔
뜨끔했다.
예지 씨가 선택한 이유가 있을 거잖아요.
이유가 떠올랐다.
아... 그러고 보니 잊고 지냈네요.
거봐요- 예지 씨가 선택한 일은 마냥 의미 없진 않아요.
하기 싫은 일이었지만, 결국 예지 씨가 필요해서 선택했고 그 필요성을 충분히 채워줬잖아요-

그때 깨달았다.
잊고 지냈던
내 목표들…
내가 지금 해야 할 일들.
급한 게 아니니
일단
내 그림체부터
찾자 —
선생님과 함께 차분히 마음을 보니
그래서
예지 씨 마음이
그랬나 봐요.
맞아요.
왜 내가 이토록 힘들었는지
예지 씨는
충분히 노력하고
있어요.
충분히 이해됐다.
그러니
조금 천천히
가보도록 해요.
감사합니다
선생님!

14

그래서 이 일을 하고 있다

그래서 이 일을 하고 있다

엄마와 청소일을 시작했다.
깔끔이 청소
Since 2014
지금도 여전히 하고 있다.
~ing
처음은 단순히 생계 해결이었다.
돈이 보인땅
하지만 이내 다른 이들의 시선이 느껴졌다.
?
헤헤헤
??
시작한 후 친구들에게 말을 하려니
오랜만!!
예지는 요즘 취직은 잘 돼가?
부끄러움 같은 게 느껴졌다.
아?! 아!
ㅋㅋㅋㅋㅋㅋㅋ
나?

이상하게 말문이 막혔다.
아…… 그러니깐……
비밀을 고백하는 사람처럼.
말할까?
말까?
으……
그리고 말했을 때
나 청소일 시작했어—!
그들에게서 찰나의 멈칫함이 느껴졌다.
엥?!
복잡한 표정이었다.
청소일?!
나도 말한 후 멈칫했다.
…….

무슨 생각 중일까??

그리고 꼭 설명해줬다.
이 일을 하게 된 아유는 말이야...
구구절절 그리하여...

회사에 입사하거나
엄마! 나 취직됐어!
장하다 우리 아들!

자신에게 맞는 직종에 들어갔을 때
찰칵

그들에겐 설명이 필요하던가?
고마워
취직 축하해!

그러나 나는 필요했다.
들어보게나!
저의 역사에 대해 이야기해드리지요.
역사까지?

그렇다.
찰-칵!
대졸 20대 여성이 선택할 직업은 아니었다.
축 졸 업
직업이 갖는 개념이 무엇인지 아니깐.
사회적 위치
나의 가치
안정되고 보람 있는 미래
꿈의 실현
그래서 창피했던 거다.
난 그것을 얻지 못한 패배자
전 돈 벌라고 합니다만?
그렇지만 필요했다.
잡았당!
생계
그림
그런 점에선 완벽한 일이니깐.

거기다 직장 스트레스
꼰대
나 젊었을 땐
안 이랬어!
회사에서 먹고 자고 했어.
요즘 애들은…
네…
어쩌라고
뭐
어쩌라고
야근 걱정 안 해도 되고,
그래서 말인데
오늘 야근!!
휙
네…
나쁘지 않은 수입
오늘은 내가 쏜다!
올~
MENU
올~
원하는 시간 조율 등
안 돼
엄마
화요일은 일 좀
줄입시다
제발
힘들고 불편한 것도 있지만
휴…
힘들어!!
확실한 좋음도 분명 존재했다.
힘내자!
그래도
좋은것도
많잖아!!

그래서 이 일을 하고 있다!

15

그렇게 얻은 것들

손의 굳은살
택시 운전사만큼의 주행거리
D 247
1563250km
운전 실력 UP
BEST DRIVER!
미래를 볼 수 있는 통장 잔고
통   장
내가 지원하마
엄마와의 대화
여지 똥구멍아
응?
족저근막염
아야!

가끔의 좌절감과 패배감
나만 달라
흑흑흑
그리고 나만의 이야기.
저는 엄마와 청소일을 해요. 그걸 만화로 그리고 싶어요.
그 이야기가 담긴 책.
저 청소일 하는데요?
무슨일하세요?
KODILUWACK
얻은 것은 다양했다.
통장
책
예상했던 아픔도 있고
역시.....
예상치 못한 좋음도 있었다.
오!

청소일이 하기 싫었을 때
힝들엉!
휴.....

4년을 헛되이 보낸 건 아닌가 고민이 들 때
헐.....
내가 벌써 30 이라니?

남들과 다른게 무서울 때

가만히 생각해보았다.
흠.....

내가 필요해서 시작했고 좋은 것들도 결국 얻었다.
그림
장비
마련
PM
낮 시간의 여유
CARD
경제적 안정

확실한건 4년이 헛된 것이 아님을 알았다.
저에게 고마운
청소일입니다!!

내가 그렇게 궁금하니? 1

훅
훅
♪
훅
!?
뭐지?

소울 — 푸드

소울 — 푸드

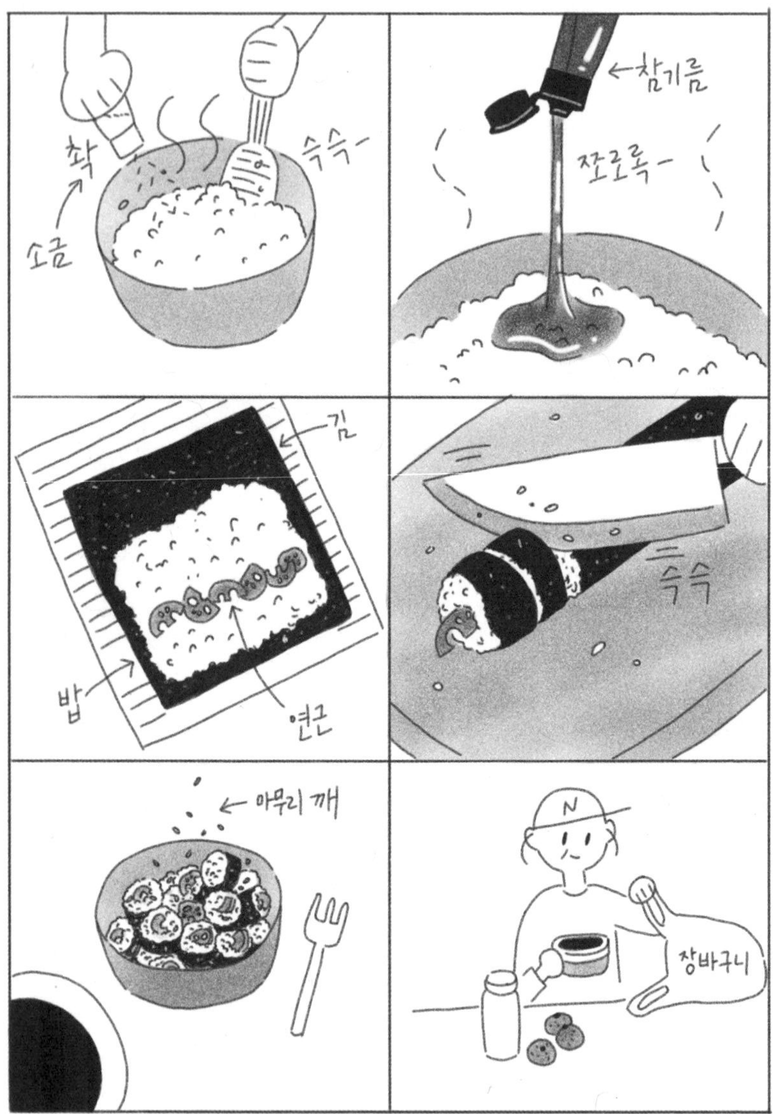
소금
확
수슥―
←참기름
쪼르륵―
김
밥
연근
수슥
← 마무리 깨
N
장바구니

매일 아침 엄마가 싸준
연근 김밥 먹자!
간단하지만 너무 맛있는 김밥.
날 좋을 땐 공원에서 먹었다.
들어간 속 재료는 하나지만
짭조름 연근조림!
아삭·짭조름·고소·폭신이 느껴지는,
마이쩡
이 일을 하며 처음 만난
엄마가 김밥 싸왔어.
무슨 김밥?
영원한 나의 소울 푸드!

무슨 일 하세요? 1

무슨 일 하세요? 1

예지 씨는
무슨 일 하세요?
아!
?
아....
전 흔한 일이
아니라
잘 모르실 거예요.
ㅋㅋㅋ
ㅋㅋ
???
나 왜 당황하지?

무슨 일 하세요? 2

아?
엄마랑 청소일 하고 있어요.
잘못한 게 없는데도,
신기한 일 하시네요.
네....
하하....
이런 상황에선 잘못한 느낌이 든다.
뭐가 신기하지?
흠.....

청소일을 알려주마!

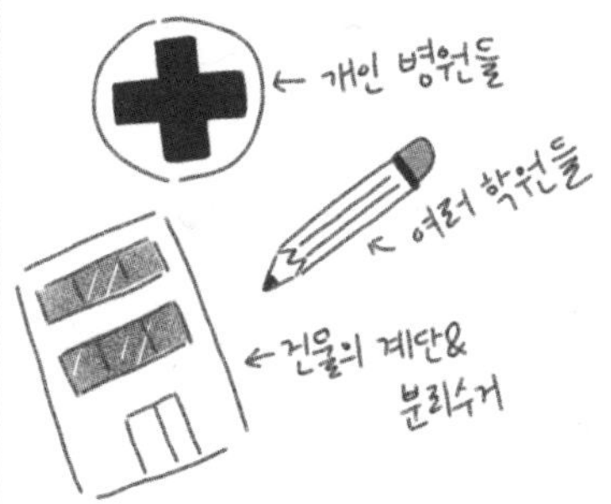

그리고 시간 조율은 내 마음대로!

월	화	수	목
5:30 제O테크	5:30 성형외과	5:30 제O테크	5:30 성형외과
6:50 수사대	7:00 서천동 빌라	6:50 수사대	딸-깍!
8:00 영동동 빌라	8:00 수학학원	8:00 빌라단지	
9:00		9:00	

사무실은 있지만 그곳으로 출근하진 않아요.
← 여러 세탁기를 두고 여러 명이서 사용하는 용도로 사무실을 써요.
이동은 차로 합니다.
각각 일이 떨어져 있거든요.
결제는 각각 건물의 수금 날 통장으로 입금돼요.
8.1 성형외과 — 입금
8.10 ㅇㅇ테크 — 입금
8.11 (주)ㅇㅇㅇㅇ — 입금
8.14 수학학원 — 입금
9.1 빌라A동 — 입금
밀리지 않고 입금해주신 사장님들 사랑합니다!
어느 정도 이해 되시나요?
너무 빨리 말했나~?
췍-
그럼 빠-이!

선택과 강요의 차이

인생에서
행복
슬픔
10 20 30
인생그래프

선택해야 할 때가 있다.
1
2
3
아....
뭘 골라!
ㅋㅋㅋㅋ
ㅋㅋㅋㅋ

그 선택이 귀찮아
1
2
3
아 몰라 귀찮아 —

타인에게 미룰 때도 있다.
불-쑥
내 말
들어—!
그럼 3번가라!
여기가 좋다고
소문났어!

이때부터 차이가 시작된다.
1번 선택!
네,,,,
3번가라
질-질

나의 선택은
뭐가
있으려나,,,,

결과에 따라
벌─컥
내가 책임을 지게 된다.
!!
축하도
역시
나란 사람
쓰담쓰담
원망도
역시…
나란 인간…
추─욱
그러나 남에게 미뤘던 선택에서는 원인을 찾는다.
벌─컥
잘된 결과는 다행이지만
오호!

나쁜 결과는
아오씨 이게 뭐냐?
네 탓!
이걸 강요한 네 탓!
나는 피해자!
책임져!
아니... 이거봐...
라고 떠들어봤자,
책임져!
결국 결과는 내 몫.
언제 다시 돌아가지....?

이러나저러나 내 탓,
ME!
선택에서 오는 위험함이냐
바보야! 그걸 왜 선택해!
타인에게 미루는 도피냐.
넹!
거기 말고 여기로가
사실 무엇이 정답인지는 알 수 없지만
나보고 어쩌라고!
누군가 탓해봤자
네가 따라온 거잖아!
왜 내 탓을 하냐고!
해결은 되지 않는다는 것.
으어……

아프지 마요

열난다
우야노! ← 어떡하니?
정말 우야노...
일하면 낫는다
그렁지...
어쩌니...
일을 대신할 사람도 없는데—

우리 일은 누가 대신해 줄 수 없고
도움!
없어!

빠질 수도 없다.
고객과의
약속인데……
연락처
XX건물
XX공장
피아노학원
수학학원
성형외과

그렇기 때문에 아파도 아플 수 없다.
조금만
참자—
응…

그럴 땐 병가 쓰는 직장인이 부럽다.
아파서
회사 못갔어—
괜찮니?

그리고 신기한 건
콜록!
아 배아파
머리 아파
손 아파
잔병치레
많던 나 →
다 아파

이 일을 한 후 웬만해선 안 아프다.
건강한 몸!
유쾌·상쾌
통쾌—!

그래서 좋은 건지\\\\
건강해졌으니 좋은 거지?
나쁜 건지\\\\
근데 아플 땐 참 서럽지-
가끔 헷갈리지만,
사장님, 안색이 안 좋으세요.
몸이 안 좋아\\\\ 그래도 어쩔 수 없지\\\\
결론적으로
sss
별-떡
하\\\\
아프지 마요\\\\ 체력관리
파이팅\\\\

신기하네?

신기하네?

아!
안녕하세요!

안녕하세요.
학생이
아르바이트해요?

아뇨~

?!

제 일하는
거예요.

젊은 사람이
신기하네?

수고해요.

하하......

24

꽃 같은 새댁

아이고
헥헥
안녕하세요~
아이고
새댁이네!
하 하
아니에요~
처녀인뎅
새댁이
꽃 같아~
젊어서
좋아!
하하,,,,
감사해요,,,
안 들리셨나 보다

직장 동료

내 직장 동료는
나이가 많음.
넌 나이 안 먹을 줄 아냐?
퉷
길치임.
4년째 다니는 길 가는 중
여기 어디야?
뭐?
귀여움.
라디오 음악에 춤 잘 춤
꺄!
압
먹을 걸 잘 줌.
아~
그리고 엄마임.
마이쪄 엄마

또 내 직장 동료는
또 내 얘기 해? 고마해라!
인사성이 밝고,
안녕하세요
안녕하세요
꼼꼼하고,
기다려봐!
고만하고 좀 갑시다!
배려심이 깊고,
내가 엄마 빵 먹어 버렸어
쓰레기
괜찮아
긍정적이며,
오늘도 파이팅!
아자!
내 엄마임.
파이팅....
휴....

그래서 직장 내 스트레스가 적음.
내 스트레스는 생각 안 하냐?
N
튓
집에 돌아오면
다녀옴!
우리는 가족이 된다.
다녀왔엉
N
그래도 여전히 좋다.
집이 최고다
직장 동료든
N
김사장~
엄마든 언제나 좋다.
똥꼬야~

이중생활

이중생활

청소일 할 때의 나.
별떡
일어나
예지야
준비하는 데 10분도 안 걸린다.
1. 세수하고
어푸
어푸
2. 로션+선크림
3. 매일 입는
작업복 입고
끙ㅡ
일주일마다
갈아입음
쌩얼
구질
구질
까ㅡ
출근하자!

약속 & 일정 있을 때 나.
일어나서 30분 샤워
옷 고르기 30분
화장 & 머리 하는 데 2시간
완 료 !
얘들아!
분명 똑같은 나인데도

청소할 때의 나와
평소의 나는
마치 이분법처럼 나뉘지는 기분.
청소할 때만 내 모습을 본 사람들은
사무실 사장님1
예지 안녕?
안녕하세요
밖에서 나를 못 알아볼 때가 있다.
누구?
아! 사장님!
묘한 일탈감이 느껴진다.
마치 천사소녀 네티 같아!
우흐흐 재밌는걸?

엄마는 꿈이 뭐야?

엄마는 요즘 꿈이 뭐야?
음...
우리 가족 모-두 건강한 거!
새해 소망 말고~
엄만 그게 가장 큰 꿈인데?!
그럼 엄마는 어렸을때 뭐가 되고 싶었어?

엄마 학창시절엔
무가 되고 싶냐고
묻는 사람이 없었어.

진짜?
요즘은 학교에서
엄청 물어보고
이야기 하는데...

그래서
엄마도 딱히
무엇이 되고 싶다! 라고
생각해본 적이
없는 것 같아.

그렇구나!

다른 사람들은
오르겠지만,
난 그랬어~

누군가 나에게
무엇이 되고 싶냐고 물어본
그 말들이 생각이 되고
고민이 되어 지금의 내가
원하는 무엇이 된 걸까?
누군가 물어봐주지 않았다면,
나도 엄마와 같았을까?

꿈과 직업의 상관관계

꿈과 직업의 상관관계

우리는 꿈을 가질 때부터,

꿈을 이룬다는 것은,

연기자 땡땡이 씨

어떠한 직업에서 성공을 이룬다는 뜻과 일맥상통하다고 배운다.

그러나 사전에 나온 꿈의 뜻은 이렇다.

꿈¹ ★★★

[명사]
1. 잠자는 동안에 깨어 있을 때와 마찬가지로 여러 가지 사물을 보고 듣는 정신 현상
2. 실현하고 싶은 희망이나 이상
3. 실현될 가능성이 아주 적거나 전혀 없는 헛된 기대나 생각

1. 잠자는 동안에 깨어 있을
2. 실현하고 싶은 희망이나 이상
3. 실현될 가능성이 아주 적거

실현하고 싶은 희망이나 이상은 가끔 정확한 명사를 요구한다.

선명하진 않지만 건강한 삶이 꿈이라도,
웃샤!
분명 사전의 의미로 실현하고자 하는 이상과 희망이니까 꿈은 꿈이다.
국어사전
내가 그랬나?
그런데
그런 거 말고 너의 진짜 꿈 말이야
라고 물어보는 이가 있다.
꿈적
네?
해석해보면 이렇지 않을까?
그런 거 말고
애매한 희망
너의 진짜 꿈 말이야
확실한 직업
이 말은 정확히 어렸을적 학습의 결과인 것 같다.
꿈
그
리
기
의사
되고싶어요
선생님
변호사
간호사
연예인

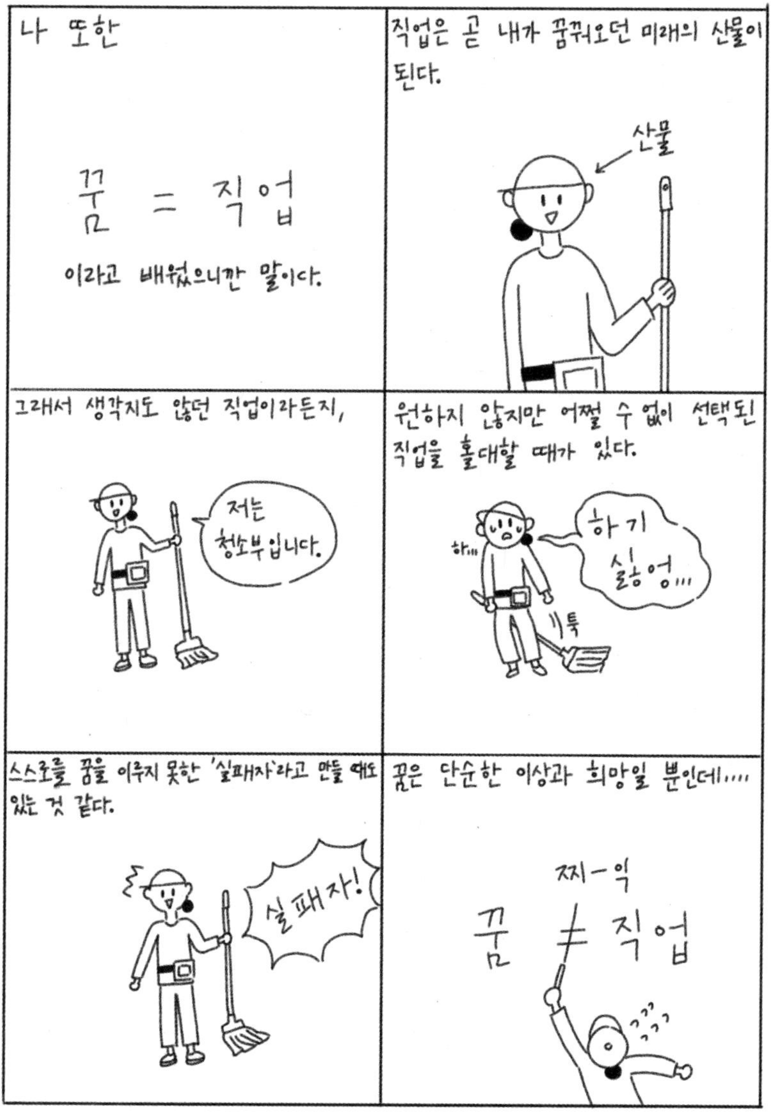

나 또한

꿈 = 직업

이라고 배웠으니깐 말이다.

직업은 곧 내가 꿈꿔오던 미래의 산물이 된다.

그래서 생각지도 않던 직업이라든지,

원하지 않지만 어쩔 수 없이 선택된 직업을 홀대할 때가 있다.

스스로를 꿈을 이루지 못한 '실패자'라고 만들 때도 있는 것 같다.

꿈은 단순한 이상과 희망일 뿐인데.....

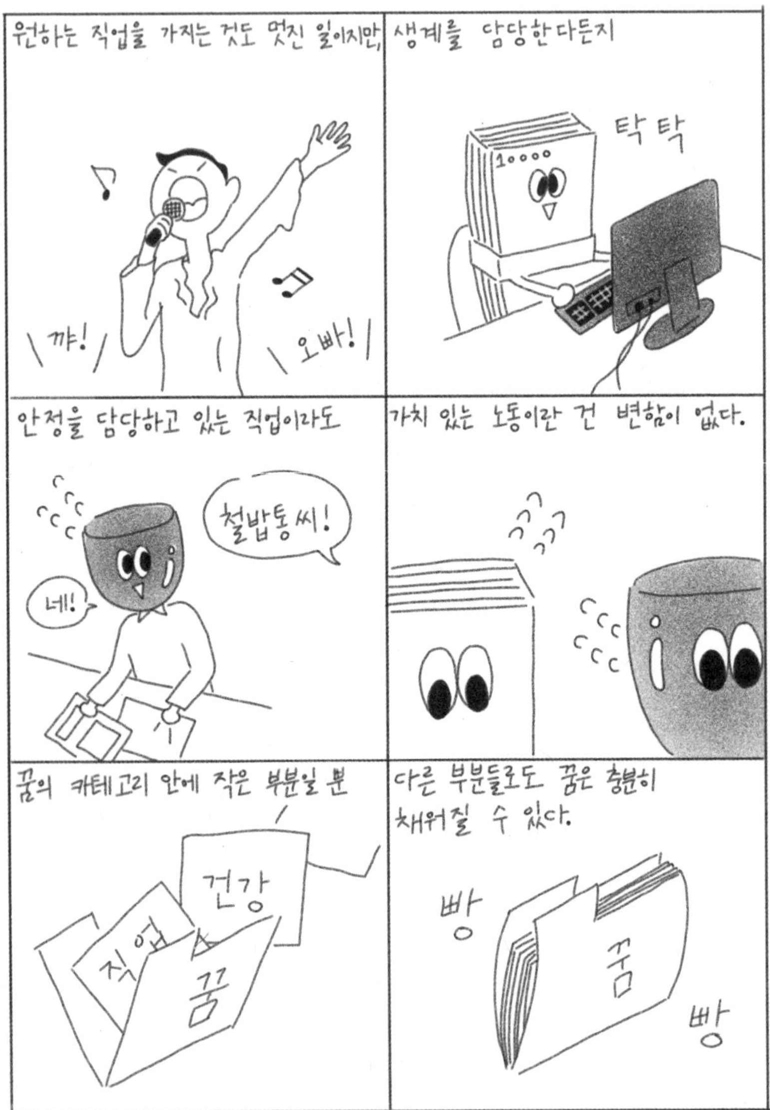
원하는 직업을 가지는 것도 멋진 일이지만,
생계를 담당한다든지
10000
탁 탁
꺄!
오빠!
안정을 담당하고 있는 직업이라도
철밥통씨!
네!
가치 있는 노동이란 건 변함이 없다.
꿈의 카테고리 안에 작은 부분일 뿐
건강
직업
꿈
다른 부분들로도 꿈은 충분히
채워질 수 있다.
빵
꿈
빵

글로벌 고민

유튜브를 틀어 놓으니 광고가 나왔다.
광고

취업알선업체 광고였다.
광고 중
여기는 독일!
독일의 젊은이들은
무슨 고민을
할까요?

광고 중
진로는
정하셨나요?
아 저는
건축학 전공인데,
취직이 걱정이에요.

광고 중
어떤
전공이세요?
디자인 전공이에요.
요즘 디자인이 포화상태라
걱정이에요.

여기나 저기나
고민은 똑같구먼.

지구는 둥그니깐

자꾸 걸어 나가면
뭐 먹고 사냐~

온 세상 고민을 다 만나고 오겠네.
뭘 해서 먹고 사냐고!
취업이 안돼!
무슨 진로를 선택해야 할까?
전공을 살려서 일하고 싶은데

내 고민이 아주 글로벌 했구먼.
흥-차!

광고 중
독일의 젊은이들도 우리와 같은 고민을 하는군요!
XX사이트에서 자신에게 맞는 직종을 찾아 보세요!

사이트 검색으로 쉽게 찾으면 참 좋으련만.

당신의 꿈은 무엇인가요?

당신의 꿈은 무엇인가요?

유치원 때
공주님!
예지는 커서 무엇이 되고 싶어요?
초등학교 때
☆꿈 발표회☆
곱슬머리 →
저는 커서 화가가 되고 싶어요.
고등학교 때
장래희망은 무니?
디자이너요
대학교 때
넌 졸업하고 뭐 할 거야?
디자인회사 취직하고 싶어.
우리는 계속 질문 받았다.
예지는 꿈이 뭐야?
^^
그래서 뭐가 하고 싶어?
무엇이 되고 싶냐고 말이다.
나는…… 뭐가 되고 싶을까?
??

그러다 보니 생각하게 되고,
그러게 내 꿈이 뭘까?
그 생각 속에는 많은 요소들이 들어 가기 시작했다.
장래가 밝은가?
재밌나?
수입은?
흥미로운가?
지속가능한가?
취업은 될까?
아....
단순하던 내 꿈은,
예지 공주님 됐어!
까!
자라나는 나와 함께 구체적으로 자랐고
영양사가 취직이 잘 된다해서 해보고 싶어.
이때 형편상 미술학원을 다니지 못했다.
시시때때로 변하기도 했다.
건축도 배워보고 싶은걸...?
그래서?
응?

결국 되고 싶은 게 무엇인가요?
뭐……
나는 내가 하면 재밌는 일을 택했다.
결론은 그림 그리는 일!
여러 요소가 들어간 꿈은
연봉
목적성
취미 관련
재미
밤
꿈
이상
현실성
성취감
희망
시선
정말로 내가 원하는 것을 가지고 있나?
하면 즐거운 것
흥미로움
잘하고 싶은 것
하고 싶은 것
누군가가 원하는 것을 가지고 있나?
내가 이루지 못한 꿈들
남들에게 자랑스러운 자식
네가 되어주겠니?
그것을 잘 구분하는 것에서 시작하지 않을까?
그래서 당신의 꿈은 무엇인가요?

나 자신의 위로

흑흑
울지 마 김예지~
다 잘될 거야.
긍정 예지
좀 꺼져줄래?
나 좀 슬프게?!
무가 잘 돼!
엉!
엉!
엉!
저…
긍정 예지

그래도 꾸준히 실천했다

청소일도

그림도.

생계와
청소비
입금

미래를
Blog
카테고리
- 그림
  - 2018
  - 2017~
- 오늘
alen
혼자
가평

꾸준히
2014
5月
청소 시작일
2019
1月
ING

해왔다.
○ 데스크탑
○ 도큐먼트
○ 에어드롭
○ 빨간택
○ 노란택
그림
2014
2015
2016
2017

어느 정도의 안정과
엄마랑 여행

이젠 나를 알아봐주는 사람들.
저 사인 좀 해주세요~!

아주 작게 보이던 이상의
안보여!

윤곽이 어느 정도 보이기 시작했다.
어! 좀 보인다!

아직도 갈 길은 멀지만
보이는 것과 실제 거리가 매우 멀

꾸준함의 미덕은 배웠다.
열심히 터 가봅시다.

남의 시선을 어떻게 이기나요?

남의 시선을 어떻게 이기나요?

책을 낸 후 강연을 했다.
안녕하세요!
고등학생들을 상대로 했는데
풋풋
초롱
그때 받았던 질문 중에
쪽지에 질문을 각자 써서 줌
어떻게 그렸나요?
남의 시선을 어떻게 이기나요?
음.....
저는 이기지 못했어요.

이겼다기보단
견뎠어요.
마음으로 이기고 싶었지만
사실 이기질 못하더라고요.
하....
그래서 신경은 쓰였지만 견뎠던 것 같아요.
ㅜㅜ
아니라고 말한다고 정말 신경 안 쓰이는 게
아니란 걸 여러 번 겪으면서 말이죠.
힐끔
신경안써!
근데 어떡해? 난 계속하고 싶은걸.
목표치만큼
채워야지~
통장

그래서 전 이김보단 견딤을 택했어요.
이길 수 있는 사람이라면 그 선택을,
남의 시선 따위!
하지만 이기질 못한다면
신경 쓰인다....
자신의 판단에 믿음을 가지고 견뎌보는 것도 좋은 것 같아요.
그래도 내 갈 길 간다.
제가 멋짐과는 거리가 좀 있어서.....
어쨌든 결론적으로! 시선 때문에 포기하진 마세요!
파이팅!

돈으로 살 수 없는 감정들

청소일을 하면서
쓱싹
쓱싹
안정적인 수입을 얻었지만
이번 달엔 여행을 가볼까?
서칭
항상 마음이 무거웠다.
음......
안 기뻤다.
그림으로도 생계를 책임질 순 없을까?
예쁜 옷, 구두가 채워주지 못했던 감정.
그건 바로 '자기만족감'이었다.
근데 만족스럽지 않아...

왜 만족이 되지 않을까 생각하니
내가 배부른 소리 하는 걸까?
반복적인 노동은 다람쥐 쳇바퀴 같았고,
헉! 헉!
그 노동의 근원인 그림이 자리를 잡지 못하니
헉 헉
내가 왜 이러고 있었지?
목적 없는 레이스를 하는 기분이었다.
그림으론 생계가 어려우니 청소일을 시작했는데,
잘해봅세!
오로지 생계만 눈앞에 남은 거지.
어디 갔지?

물론 생계도 아주 중요하지만,
나 여기 있어!
목적아
어디 있니!

삶의 목적이 희미해지는 건
나 여기 있어!

생각보다 위험했다.
빨리 와!
나 여기가 어딘지
모르겠어!
무서워!
응!

내 안의 인정욕구와 자존감은 목적에서
나온다는 걸 알았고,
고마워~
예지야
요즘
그림 좋더라!

나의 성취로만 얻을 수 있는
감정들이었다.
내 그림을
좋아해 주고
있어!

그러니 단연코 돈으로는 살 수 없는 것들이다.
여기 인정욕구랑
자존감
얼마예요?
안 팔아

당신에게 배웠다 1

나는 엄마에게

남과 비교하지 않기,
우리 딸이
최고야~

자식을 깎아내리지 않기,
엄마는 이런 일도
열심히 하는 예지가
너무 기특한걸?!

항상 나를 생각해주기를 배웠다.
너 주려고
남겨놨어.
먹어.

엄마
내가 나중에
배신 하믄
어쩌려고!
← 장난

내 팔자지
뭐 어쩌긴.
← 이렇게
속이 없다.

당신이 보여준 이 행동들은
잘 자라라
다 자란 나에게도 큰 자양분이 됐다.
아니……
물 말고……
어푸
어푸
살려줘!
미래의 부모가 된다면,
엄마만큼만 해내고 싶다.
아이쿠
잘한다!
믿어주고, 깎아내리지 않고,
같이 기뻐해 주고.
그것들을 나는 배웠다.

당신에게 배웠다 2

당신에게 배웠다 2

인사해도 씹는
안녕하...
쌩

말해도 못 알아듣는
왜 화단은 안 치워!!
아... 거기는 말씀드린대로 계약이 안 된 부분...
그런게 어딨어!

써놔도 못 읽는
심지어 종량제 봉투 아닌 일반 봉투에 버려둔다.
제발 음식물 버리지 마세요! 부탁드려요 ㅠㅠ
- 관리인 -

눈이 의심되는
칼치기 중
끼긱!
으악!!

모든 진상들에게
쌩
?
슬금
둥둥

나는 배웠어요.
아!
탁!

저러고 살지 말아야지!
진 —— 짜!

불투명에 가까운

김예지 님의 미래를 시뮬레이션 합니다.
오!
1년 뒤 미래입니다.
뭐야!
안 보이잖아!
뭐야 이 멍청한 기계!
김예지 님!
?!
벗어 버럿!
저는 점쟁이가 아닙니다.

휙!!
=3
근데 왜 아는 척해!
무?!
보여달라 해서
보여줬을 뿐.
미래는 아무도
모릅니다.
모르니깐 불안하다고!
미래는
원래 불안합니다.
?!
쓸데없이 똑똑한 기계네―

선택의 기로

선택의 문
1
2
3
어디로 가지?
아까
어떤 사람은
3번으로
가던데
불안—
1
그래. 1번으로 가보자!
벌—컥!
또 문이 있잖아—!

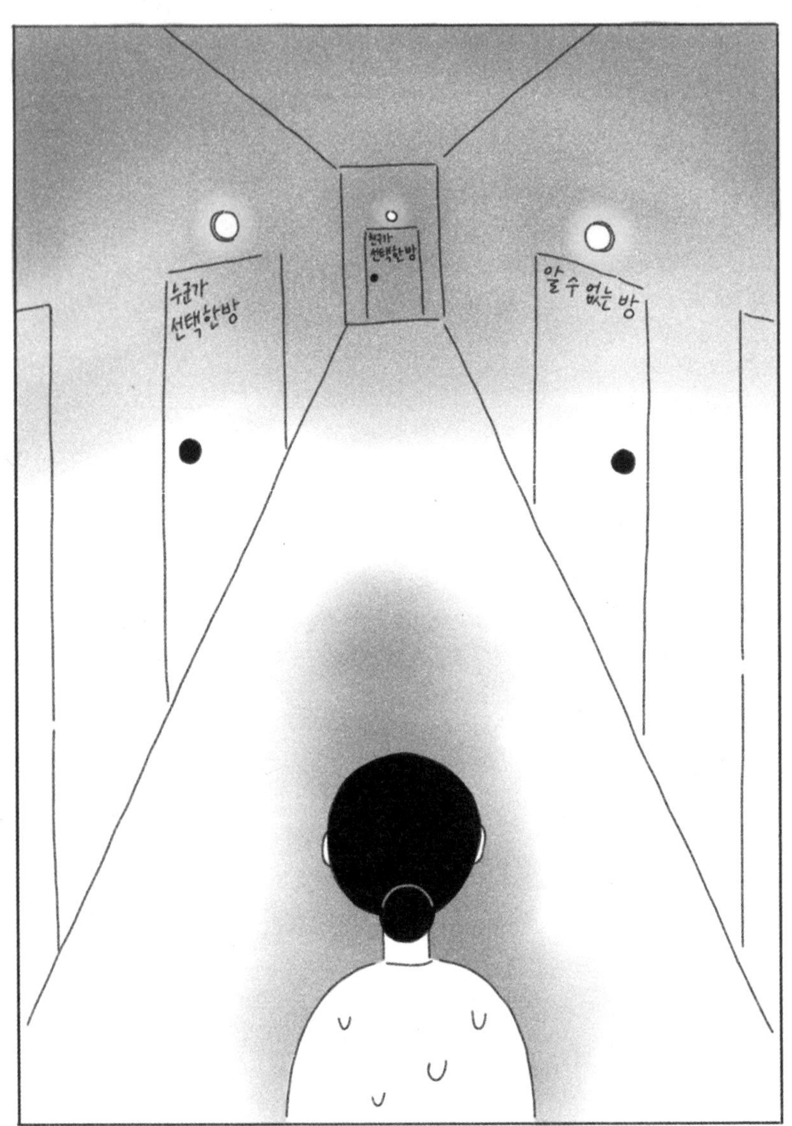
누군가
선택한방
누가
선택한방
알 수 없는 방

또 선택해야 해?
안전을
추구하는 방
여기?
여기?
친구가
들어간 방
누군가
들어간 방
아님
여기?
아! 모르겠다!
흥미를
추구하는 방
여기 가자!
딸깍—

끼———익
이건 또 뭐야?
도대체 언제
끝나는 거야?

우리는 다 다르게 살아간다

대학을 다니고
회사에 다닐 때까지
← 스타일리스트로 일했었다.
무의식적으로 소속감을 느꼈다.
보통의 20대 같았다.
아! 오늘 월급날!!
그러다 회사를 나왔고
반복적인 취업 실패와
잘 지내!
잘가
A회사
B회사
C회사
유감입니다...

나란 인간의 성향 파악 후
소심함
불안장애 보유
사회성 떨어짐
집단생활 싫어함
＊주관적 자기비판입니다.
회사생활보단 개인사업을 택했다.
청소일
프리랜서
욕심쟁이
여기서 청소일은 나에게 '특이한'이란 단어를 붙여 줬고,
학생이 청소해요? 신기하네!
하하
수고해요—
다르다는 느낌을 주기 시작했다.
출근 시간대
처음에는 적응이 안 됐고
힐끔
?
느껴진다
싫었다.
뭘 봐
열심인 척

엄마는
내가 이 일을 하는 게
창피하지 않아?
정정당당하게
돈 버는 일인데
뭐가 창피하니?!
뭔가 사회에 적응 못하고
실패한 느낌이 들기도 해.
예지야
삶은 어차피 다 달라.
너의 성향에 맞게
사는 것도
살아가는 방식이야.
누군가는 회사생활이
맞을지 몰라도 정말 안 맞는
사람들은 그럼
어떡하니-?
결국 자기에게 맞춰
조금씩 다르게
사는 거지.

자기만의 방식을 찾는 것.
청소일
나에게 나쁘지 않군.
결국 인생의 책임자는 나다.
응?
내 인생 책임져!
그리고 각자 조금은 다르다는 걸,
회사원
디자이너
식당보조
정해진 길이 없는 것이 인생이라는것.
꽝차!
이렇게 조금씩 달라야
재밌는 거 아닐까?

고민을 비교하지 마

독립출판수업을 들었을 때
수고했습니다!
책방
← '스토리지북앤필름'
사장님
짝짝
짝짝
마지막 시간 다 같이 차를 마셨다.

각자 다른 직업을 가졌고
저는
간호사예요.
각자 다른 고민들이 있었다.
저는 사무직이에요.
요즘 참
고민이 많아요

동료는 좋으나 일이 안 맞는 사람,
일이
너무 지루해요.
일은 좋으나 동료가 안 맞는 사람.
저는
동료하고
안 맞아요.

유지 가능한 일인지,
나와 잘 맞는 일인지 등등
이 일을 언제까지 할 수 있을지…
지금의 제 일이 정말 저와 맞는 건지…
고민은 각자 다양했지만,
정말 많은 고민을 하고 있구나…
모두 공감했다.
하하!
맞아요
저도!
그리고 서로를 부러워하기도 했다.
저는 그 점이 부러워요!
모임을 마치고 집으로 오는 길.

그것만 해결되면 고민 없겠단 생각,
그것만 아니면....

나와 다른 고민의 무게를 가볍게 본 일,
하...
난 그게 고민이야
뭐 저걸 고민이라고....
응

내 고민을 친구와 비교하는 일 등이
고민이 너무 무겁다....
내 고민이 더 무겁다....
응

얼마나 우스웠는지
내가 어렸지 정말

각자의 입장으로 들어보니 알겠더라.
고민의 깊이
고민의 무게
다 다르지만 또 같아

그러니 비교하지 말도록.
부질없다~!

41

명함의 힘 1

명함의 힘 1

만나서 반가워요.
네, 반갑습니다.
아, 제 명함입니다
아....
갑자기 빛이 나네....
좋은 직장

명함의 힘 2

. . . .
저는……
아……
명함이
없어요.
. . . .

43

알 - 곽

슥
슥
. . . .
흠...
흐으ㄱ 흐으ㄱ 흐으ㄱ

분리수거 세상 1

1. 말 잘 듣는 사람
깔-끔 분리수거를 철저히
종이
플라스틱
비닐
2. 애매한 사람
나무젓가락은
종이가 아니에요
종이
3. 마이웨이인 사람
누가 플라스틱에
쓰레기를
넣어놨어!
4. 눈 없는 사람
경고
이곳에 쓰레기를
버리지 말아주세요.
5. 막장
집 주소 적힌
영수증
다른 집에서
우리 청소구역에
쓰레기 투척
6. 대단한 사람들
난 장 판
보쌈
빌라 주민 전체가 분리수거를 안 함.

분리수거 세상 2

1. 말 잘 듣는 사람
부처의 미소
2. 애매한 사람
STOP!
단-호(박)
3. 마이웨이인 사람
노 개념!
4. 눈 없는 사람
나가죽어라!
노노 개념!
5. 막장
여보시오?
영수증에 전화번호 발견 시 전화함.
6. 대단한 사람을
안 해
와창창

벌이는 좀 괜찮나요?

내가 못 번다고 생각하거나
내 책 관련
기사에 이렇게 실렸었다.
별이가 좋지 못한 작가는
그래서 그래가지고 어쩌고
라라라……
아예 몰라서 별이를 물어보곤 한다.
청소일은
별이가
괜찮나요?
강연 때 한 학생은
자, 그럼
저에게 질문할
학생 있나요?
연봉은
어떻게
돼요?
저요!
한 5억은
되나요?
초롱
초롱
순진무구한
녀석
그러면
좋겠네요—

강연이 끝나고 그 친구 책에 사인하며 적어줬다.
To. OO 학생♥
KDPILUWACK
연봉은 비ー밀
커서 꼭 부자되세용ー!
이렇게 내가 받는 돈,
으ー쌰!
₩
즉 정확한 수입을 궁금해한다.
?
?
얼마가 들었을까?
₩
여러분 잘 들으세요!
청소일은 자기가 얼마나 일을 하느냐에 따라 수입이 매우 달라져요.
400
A
500
B
제가 왜 4년 넘게 이 일을 하겠어요?
1 2 3 4

거, 좀 괜찮게 벌어서
맛있는 거 좀 사 먹고
그러고 삽니다.
예, 벌이는 좀 괜찮습니다.

비염인가?

갑자기
이상한 냄새나!
킁—킁
그래?
엄마는 안 나는데?
엄마
방귀 뀌었어?
아니야!
그럼
비염이
도졌나?

코에
염증이 생겨서 냄새나나?
병원 가봐야겠다.
병원?
병원 가지 마....
엥?
왜?
내가
방귀 뀐 거얌!
까르르르
짝!

배 신 감
나에게
거짓말을
했어…

48

디스전 (feat. 돈 떼먹은 당신)

부부가 가진 건물을 청소한 적이 있다.
잘 부탁드려요!
총 4층의 상가건물이었다.
골프존
여행사
중국집
아내는 까다로웠고,
화장실 타일 틈새 잘 닦아주세요
계단 난간 안쪽도
주차장 구석,,,
남편은 항상 청소비 입금을 미뤘다.
사장님 또 돈이 밀렸네요.
아! 깜빡했네.
절대 사라 안함
조금은 피곤한 건물이었다.
또 돈이 안 들어왔어,,,
내가 말했는데,,,
하지만 초반이어서 함부로 그만둘 수 없었다.
그래도 어쩔수 없지,,

그러다 1년쯤 됐을 때
깔끔이청소 기록 일지
월 1 2 3 4 5 6 7 8 9 10 11 12
아,,,, 이제 그만하셔도 돼요.
하고 그만두었는데,
넵, 그동안 감사했어요.
버릇이 어디 가나요.
돈이 아직도 안 들어오네,,,,,
청소비기록부
두 달치 청소비가 계속 들어오지 않았다.
XX건물 청소비
8 9 10 11 12
10/2 140,- X 11/1 280,- X X
우리는 처음 겪는 일이었고,
전화해볼까?
찾아가 볼까?

하염없이 기다렸지만,
결국 들어오지 않았다.
XX건물주인
사장님 11,12월 청소비 입금부탁드려요
네! 넣어드려요.
네! 넣어드려요.
후로 답장은 없었다.
처음으로 돈을 떼였다.
택시 잡는데 절대 안 잡혀라.
XX
XX 같은 X
XXX
X
바지에 똥 싸라.
XXXX
그리고 마지막으로 떼인 돈이었다.
너 같은 놈은 처음이다.
알겠냐? 부끄러운 줄 알아라.
당신에게 드리는 나의 R.A.P
드롭 더 비트!
$
쿵짝
에!
쿵짝
예!

어머!
어!
그렇게 건물 샀냐―
예!
세입자들한테― 월세 뜨데이고―어―
쿵짝!
쿵짝!
마누라한테―
바가지 긁히고―
박―
박―
나이는―
똥꾸멍으로
먹지 말고―
예―
있는 놈이
더하는 세―상!
똑바로
살아봅시다―

정당하게 –
깨끗하게 –
삽시다 – !

어른의 단어 3종 세트

'책임감'은
책임져줄게 나 자신.
나 자신을 독립적으로 만들고,
안 도와주셔도 괜찮아요.
스스로 해낼 수 있어요~!
'성실함'은
하하!
값진 땀방울!
나에게 자신감을 주고,
나아가라! 김예지!
'꾸준함'은
쉬지 않고 달려온 4년의 시간들
헉헉
내가 나를 믿게 만든다.
나 자신 수고했어.
쓰담쓰담

내가 생각한 어른은
어른
자신의 행동에 자신감과 믿음이
있으며,
SKY캐슬
김주영
어머니
저를 믿으셔야 합니다.
독립적으로 해나갈 수 있는 사람이라 생각한다.
가자!
밝은 미래로!

50

책을 선택한 진짜 이유

4년 동안
27 28 29 30 !!!
헉
수많은 고민을 했다.
으,,,,
어쩌지,,?
SNS를 이용해 그림도 올리고
@KOPILUWACK
일러스트 작가 사이트에도 등록했다.
ㅅ그림
illUST
어떻게 하면 나의 그림을 보여줄까?
좀 봐주라
어?
응?!
제발~!

노력을 하려 하니,
또 뭘 해볼까?
노력하는 방법조차 모르겠는걸.
하ᆢ 인생ᆢ
그러다 '독립출판'이 떠올랐다.
독립출판 책
일단 만들어서 어디라도 내보인다면
좋은데?
독립출판 책
지금보단 더 잘 보이겠지?
자! 읽어보시오!
내책
그리고 무엇보다 얘기하고 싶었다.
그리고 들어봐 - 리쓴!

단편적인 그림 한 장 말고
청소일해요!

만화 구성으로 상세히
저 청소일 하는데요?
안녕하세요
30대 여자입니다
3학년
이 일을 시작한 이유은
그림과 같이 하고있어요
청소
생계 교통비 식비
생계 때문이었다.
그림은 생계가

지금 나의 이야기들을.
나는 왜 이 길에 서 있나
이게 정말 ~
나의 길인가
-GOD '길'-

그리고 공유하고 싶었다.
당신은?
ㄱㄱ
?!

나처럼 헤매는 사람들과 함께
자기가 자신의 길을
만들어 가는지
알 수 없지만
알 수 없지만
-GOD '길'-

나는 이렇게 헤매고 있는데 당신은 어떠한지
나누고 싶었다.
어디로 가야 해?

그래서 허접한 책을 세상에 내 놓았고

저 청소일 하는데요?
무슨일하세요?

그 선택은 꽤나 흥미로웠다.

□ ✉ ○○북   입고문의
□ ✉ ○○서점   입고문의드려요.
□ ✉ ○○○   입고요청합니다
□ ✉ ○북스   입고문의
□ ✉ ○○가게   입고관련문의드립니다
□ ✉ ○○○○   입고요청

나를 알리는 방법으로도,

책 재밌게 잘 읽었어요!
아! 감사합니다!

내 이야기를 공유하는 방법으로도

저도 만화책을 보고 공감많이 했답니다
작가님! 응원합니다!

책을 낸 궁극적 목표는 어느 정도 충족됐다.

1. 나를 알리고
2. 같이 공유하고 소통하고

그리고 또 내고 싶어졌다.

제가 하고 싶은 이야기가 많은가 봐요.

인생은 한 치 앞도 모른다

엄마, 인생은 한치 앞도 모르나 봐.
갑자기 무슨 말이야?
청소일이 생계만 책임진다고 생각했는데, 이 이야기를 그림으로도 그릴 수 있었고, 그래서 많은 사람들에게 나가 있다고 알려줬잖아.
엄마가 그랬잖아. 인생은 아무도 모른다고.
너무 몰라서 당황스럽다.
엄마도 ///

옛날엔 안 믿었다.
너도 길을 찾다 보면 분명 네 길이 보일 거야. 인생은 아무도 몰라.
하하
눈을 감아봐!! 그 어둠이 너의 미래다!
응....
아..... 깜깜한 나의 미래....
독립출판강좌 45기 신청하기
오!
강좌 선생님
안녕하세요! 자신만의 책을 구상해 봅시다!
뭘 만들까?

그럼 각자 발표해 볼까요?
저는 제 일기를……
오! 흥미롭네요.
저는 엄마와 청소일을 해요. 그걸 만화로 그리고 싶어요.
예전부터 만화를 그리고 싶어 했고
뭘 그리지?
책도 내고 싶어 했다.
인쇄방법·종이선택 인쇄소선택·견적보기 등등……
어떻게 만들지?
결국 다 문제야!!
나가 죽자!

그래서 강좌를 듣고
안녕하세요! 책 만들기 강좌를 시작합니다.
짝
짝
짝
짝
주제도 정했다.
깔끔이 청소
엄마와 나의 청소일!
나의 비밀일기 같은 책을 만들었고
이런 것을 그려도 되려나?
그 허접한 만화책을 사람들이 봐주기 시작했다.
저 청소일 하는데요?
KOPILBWACK 작품
나를 궁금해하기 시작했고
작가와의 만남
빼꼼
쭘
반... 반가워요..
내 그림을 봐주기 시작했다.
○○ 출판사 입니다. 삽화 의뢰 드려요.
○ 보낸사람 ○○출판사 < — @ —.com>
○ 받는 사람 코피루왁 < i2000 @ naver.com>
안녕하세요!
저희는 ○○ 출판사 입니다.
이번에 저희 출판사에서 새로운 책이 나온
그 책에 들어갈 삽화를 의뢰 드리려고 메

책으로 인해 조금씩 새로운 일들이 생겨났다.

신기행!

물론 지금 이 책 또한 그렇다.

저희와 일해봅시다!

책 폴

그렇다!

인생은 알 수 없는 것!

그러니 우리 많이 두드려 봅시다!

콩!

콩!

사람의 마음이란

처음 독립 서적을 내기 전
엄마!
나 한 200권
뽑으려고!
그건 또
어디에
두려고....
다 팔면
되잖아!
그냥 100권만 하자.
응?
100권 이나
200권이나
가격 비슷해.
가격이
문제가 아니라
집도 좁은데
어디다두....

독립 서적 출판 이후
엄마!
500권 완판!
책을 더 뽑았다.
1000권 가자!
그걸 어디다 둬…
일단 1000권 더 뽑자!
아니 그러니깐…
절레 절레
내가 책임질게.
뽑자!

총 2000권 완판 후
이제 그만 뽑으려고, 너무 힘들어.
400권 가자!
엄마.... 그만해....
덜덜
물 들어올 때 노 저어보자!
척!
타거라—
그...만...해....

197

메일이 왔다

메일이 왔다

책을 내고 얼마 후
따링
메일이 도착했습니다
2018. 4. 13

독자에게 메일이 왔다.
아무개   책 재밌게 잘 읽었습
코팡   개인정보정책
일리딘   김예
조은비
피터레스
오마켓   9월 가을신상 개
음?
뭐지?

내용은 이랬다.
아무개
안녕하세요!
제목에 이끌려
구입하게 되었어요.

제 소개를 간단히 하자면 저도 작가님과
같은 청소일을 하는 31살 남자입니다.
일반쓰레기
일반쓰레기

아! 저는 건물 청소가 아닌 생활쓰레기를
수거하는 하청업체에서 일하고 있습니다.

저 또한 25살부터 이 일을 시작했어요.
6년의   경력자!
으ㅡ허ㅂㅡ쓱

작가님의 책을 보며 저의 시간들이 생각나더군요.
아무개
누군가 직업을 물어볼까 사람 만나는 일도 피하고,
아뇨ㅠㅠ
아무개
아무개 씨 소개팅할래?
친구들에게도 창피해 연락을 피했죠.
왜 이렇게 연락이 안 돼?
아무개
미안ㅠ 바빴어
그러다 보니 삶이 더 초라하고 부끄럽더라고요. 괜히 좋은 대학, 직장 다니는 사람들이 부럽고 말이죠.
창피해ㅠㅠ
부러워ㅠㅠ
그런데 작가님의 책 속은 생각보다 밝더군요.
저도 생각해보니 좋았던 기억들도 있더라고요.
이거 마시고 해요.
아! 감사합니다!

불쾌하고 괴로운 일들이 더 기억에 오래 남아, 그 생각에만 갇혀있었어요.
생각하니 열받네?
아무개
책을 보며 처음 청소일을 시작하던 그때의 감정이 느껴지고,
잘 부탁드립니다! 열심히 하겠습니다!
그 감정이 녹아 있는 재밌는 작품 덕분에
까륵!
아무개
6년의 세월에 자신감이 생겼어요.
아무개
쌰!
사실 지난 6년이 쓸모없고 가치 없는 시간이지 않을까? 나 또한 그런 사람이 아닐까? 하고 불안했거든요.
애 또 나옴 →
흑흑...
이젠 이 일을 하면서 얻은 경험을 바탕으로 하고 싶은 일을 찾아보려고요.
아무개
이봐! 힘내 우리 잘 찾아 보자고!

저의 고민과 너무 닮아
메일을 보는 내내 마음이 아팠어요.
그런 아무개 씨가 제 책을 보고
힘을 얻었다는 말에,
저 또한 힘이 났습니다.
아무개 씨 감사합니다.

내가 그렇게 궁금하니? 2

책을 낸 이후
이전과는 다르게 나를 궁금해하는
사람들이 많아졌다.
저 청소일 하는데요!
아직도
이 일을 하고 있나?
어떻게
생겼을까?
좋은 궁금함이었다.
작가로서
작가님!
그림과 머리 스타일이
다르시네요!
머리 스타일
바뀜
다음 책은
언제 나오나요?
청소노동자로서,
어떻게 지내는지
청소일은
안 힘드세요?
제가
질문이 많죠
헤헤

어떻게 지내왔는지
제목: 안녕하세요!
안녕하세요.
작가님!
저희는 독립잡지
○○ 입니다. ^^
인터뷰 요청드려도
될까요?
책 속의 내용보다 더
시간 내주셔서 감사해요.
자세히 알고 싶어 했다.
아직도 상담을
받으시나요?
그래서 강연도 하게 됐고
만나서
반가워요.
작가와의 만남도 하게 됐다.
←책방 '오혜' 사장님
모자임
아이참, 제가 뭐라고—

왜 나를 궁금해하는 걸까?
궁금해용!
고맙고 고마웠다.
하하 뭐든 물어보세요!
그래서 열심히 대답했고
저 어렸을 때는 말이죠. 제가 그래서 그래가지고
아...TMI
나 또한 그들에게 질문했다.
질문 떠넘기지마.
하하... 들켰다...
당신들은 어찌 지내냐고.
당신은 어떠신가요?
다시 한번 너무 고맙습니다!
고맙습니다.
꾸벅

기억에 남는 질문들

여러 질문을 받았다.
질문
궁금증
?
??
Q.
그중 기억에 남았던 질문들.
쓱!
Q.
인터뷰를 했을 때
안녕하세요.
딴지일보
'박지애'기자님
기자님의 질문 중 하나였다.
청소 일하며
마주친 사람들이
어떻게 생각해주길
바라나요?
그러게
뭐라고 생각하면
좋을까??
음...
그저 성실히
자신의 일을
하는 사람으로
봐주길―

남들이 안 하는 궂은일 해줘서 고맙다, 이런 것 까지 필요 없어요.
그냥 돈 받으니깐 하는 거예요. 다른 직업처럼 그냥 그렇게 생각해주는 게 제일 좋을 거 같아요.
그저 평범한 일상으로 여겨주길!
반가워요.
안녕하세요.
그리고 또 다른 질문으로
쏙!
상담 관련 질문이 많았는데,
아직도 받으시나요?
상담은 어떤가요?
왜 받으셨어요?
비용은 많이 드나요?
해주고 싶은 답은 하나다.
필요하다면 꼭! 상담받기!

209

그 외에도 많은 질문들이 있었다.
그 질문들도 모두 다 고맙고 소중해요.
고마워요-!
그중 가장 들려주고 싶은 대답을 말한 것!
제 생각은요!
결론적으로,
나는 평범한 노동자이며,
휴—
평범한 내담자였다.

어른이 된 것 같아

책을 판 이후
책 수입금이 들어왔다.
계좌
XXX-XX-XXX
□ 최근거래내역
2018.4.30
XX서점   67,200
XX북   5,600
XXX   320,000
띠링-
청소일이나 회사를 다닐 때도 물론
내가 벌었지만,
청소비!
월급!
월급에서 일정량 용돈을 받아썼다.
내놔!
네
돈은 벌지만 학생인 기분이 들기도 했다.
아 용돈
다 썼네!
다음 달까지
기다려야지…
그런데 태어나서 처음으로
머리털 나고
처음!!

모든 수입을 내가 관리하게 되었다.
정산표 관리 중
어디다 쓸까?
BUCKET LIST!
첫 번째로 작업실을 계약했다.
예지야, 작업실 좋은 곳 있는데 할래??
당장!!
내 일생의 소원 작·업·실!!
엄마와 모으는 돈은 다른 목표가 있어 손을 댈 수 없으니,
손대지 마!
응!!
내가 스스로 목돈을 모으지 않으면 불가능했다.
저 작업실 얻었어요!
축하해요! 부럽당!
나도 작업실...

두 번재로 교정을 했다.
이~
기타 아님
교정임
내 일생의 소원 교.정!!
안녕!
저 가지런한 이가
나도 갖고 싶어.....
스스로 큰일이라 여긴 두 가지를 하니 어른 같아!
나 이제 어른인가 봐!
매번 부모에게 의지해야 했던 경제적인 면을
HELP!
스스로 해낼 때의 쾌감!
?
?
제가 해냈습니다.

처음으로 부동산 계약을 했을 때,
집주인
잘 부탁드려요.
조유표

교정비를 한 번에 완납했을 때,
일시불이요.
몇 개월로 해드릴까요?

사회적으로 나
짝
짝

경제적으로
일시불이요!
부동산 계약

정말 어른이 된 것 같았다.
나이는 벌써 30이지만
음음

내 인생을 책임질 독립적 존재가 된 느낌.
책임져주마!

작업실이 생겼다

작업실이 없던 시절
스삭
스삭
유유
화들짝!
툭!
고고고!!
← 오빠랑 방을 같이 씀
벌-컥!
고고!
빨래 널러 가는중 →
고고!
위잉~
비켜봐
위잉~

집중 안 돼~!

그래서 철새처럼 카페도 갔다가

친구 작업실도 갔다가,

의상 하는
친구 작업실

하늘 아래
내 둥지가 없구나.

파닥
파닥

그러던 중 친구가 제안했다.

여기
싸고 좋은 곳
발견!

다 들려...

아...
팔 아파.

마침 책 판 돈이 있었고,

왜이래?

얼마면 돼!
얼마면 되냐고!

탁!

친구가 소개한 작업실에 가봤다.
너무-예쁜 2층 주택이었다.
여기야
두근
세근
네근
당장
계약!
← 첫눈에
반함
계약 체결!
너모
감사해요
집주인분
굽신-
그리하여 얼떨결에
아...
돈 쓰는건
재밌......
예쁘고 싸고 행복한 작업실이 생겼다.

장래희망

저는 많은 시간 좌절했어요.
난 어디로 가고 있는 걸까?
넘어지고, 또 넘어지고
으악!
떡!
일어날 힘도 없었던 그때
휴....
그만 넘어지게 누워있자...
장래희망은 그저 내가 평온하길—
정말 지친다...
그리고 먼 시간이 흐른 지금
출발지
많이도 왔구나...
평온해진 저는,
득
도

또 다른 장래희망이 생겼답니다.
깨달았도다!
번
쩍
저처럼 넘어지는 분들에게
허허
으—악!
저의 이야기로 힘을 드리고,
넘어지는 방법
아팡
넘어지기 고수의 넘어지는 방법
같이 공감하는 사람이 되고 싶어요.
괜찮아요?
아니요… 안 괜찮아요…
저는 또 저의 넘어짐들을 들고서
인간관계 에서 넘어지기
사랑에서 넘어지기
찾아오겠습니다.
작년에 왔던 각설이가—
책 보따리
죽지도 않고 또 왔네—
쟤 또 왔어…

저는 아직 하고 있어요

사람들을 만나면
안녕하세요!
듣는 흔한 질문들 중 하나.
아직도 청소일을 하시나요?
혹은 단정 지어 말할 때도 있다.
저는 그만두신 줄 알았어요.
책을 낸 이후 많은 변화가 생겼지만
작업 의뢰
강연
인터뷰
내 생계 터전은 변하지 않았다.
여전히 나에게 중요한 일이며
파이팅!
N
예지야 열심히 모아보자-!

안정감을 주는 직업이다.
다음 독립 서적은 어떤 종이를 써볼까?
그렇기 때문에
수입이 안정적이라 선택의 폭이 넓어 좋다ㅡ!
여전히 나는 청소일을 하고 있고,
ing....
어떠한 안정장치를 가질 때까진
이젠 내가 책임지마!
계속해서 이어 나갈 것이다.
일은 계속하고 계시나요!
청소일은 소중한 나의 직업이랍니다.
네!

에필로그

인생에 "희로애락"이 있듯이,
제 만화에도 저의 "희로애락"이 고스란히 담겨 있답니다.
다르다는 게 가끔은 행복하지만, 또한 맞는 것일까?
고민하는 순간들도 많았어요.
정답이 없는 세상이니까
정답이 없어서, 맞는지 알 순 없지만.
주관식 문제에 문장으로 답을 적어가듯
저만의 방식으로 살아가는 방법을 터득해 나가고 있어요.
저뿐만 아니라 이 책을 읽는 당신도,
주관식 문제 앞에서 정정당당히
자신의 언어로 말하며 살 수 있기를 바랍니다.
또한 당신에게 책 속에 있던 시간이
작은 위로와 공감이었기를 바랍니다.
우리 모두 행복하고 건강하게 잘 살아보도록 해요!
읽어주셔서 감사드립니다.

6년 전, 『저 청소일 하는데요?』를 펴내고 잊지 못할 인연을 많이 만났습니다. '책'을 통해 마주한 사람들, '청소일'이라는 연결고리로 맺어진 사람들… 그 특별한 이야기의 일부를 인터뷰로 담아 보았어요.

책에서는 '미니 인터뷰'로 전해드리며, 좀 더 자세한 내용은 아래의 큐알 코드들을 통해 〈김가지 작가의 만남과 기록〉으로 만나볼 수 있습니다!

김가지 작가의
만남과 기록

미니 인터뷰

•

2025년,
우리 청소일 하고 있습니다

가지   안녕하세요, 시간 내주셔서 고맙습니다. 이렇게 인터뷰를 요청드린 것은 청년 청소부들이 각자 어떤 마음으로 이 일을 임하고 있는지 궁금해서였어요. 그중 가장 근본적인 질문인 "왜 이 일을 시작하게 됐는지" 알 수 있을까요?

재현   저는 사회복지사로 일을 했었어요. 대상자 분들과 직접 만나 복지를 지원하고 교류하는 일은 적성에 잘 맞았지만, 일을 하면서 어렵고 힘든 부분이 많았어요. 특히 사회복지 업무에서는 정부 예산을 교부받아 집행하는데, 집행한 예산을 어디다 썼는지 회계 증빙을 해요. 이걸 다 서류로 작업해야 하고 또 그런 것들을 끊임없이 평가받아야 하는, 행정을 위한 행정들이 정말 많았어요.

그래서 그런 서류 작업과, 대상자 분들을 만나는 두 일의 괴리감이 컸어요. 지원 사업을 따내야 하는 기획도 적성에 잘 맞지 않았고, 무능한 관리자들을 보면 '나도 나중에 저렇게 되려나' 싶은 생각이 들더라고요.

직장에서 오는 여러 스트레스가 쌓이다가 나중에는 몸이 아프기까지 하면서, 회사가 병이구나 느끼게 되었어요. 그러다 인천의 한 카페에서 김가지 작가님의 책 『저 청소일 하는데요?』를 우연히 보았어요. 그때 좀 새롭게 '이렇게 일하며 살아갈 수 있구나.' 생각이 들었어요. 마침 드라마 〈나의 아저씨〉에서도 청소하는 형제가 나오는 거예요. 그걸 보고 청소일에 대해 찾아보니 '청소 국비 교육 과정'이 있더라고요. 퇴사하고 그 과정을 수료 후 청소일을 시작하게 됐죠.

영주   저는 중랑구라는 지역에서 '마을활동가'로 일을 했어요. 이 직업도 설명이 좀 필요한데요. 서울시에서 '마을공동체 사업'을 국가정책으로 진행했어요. 서울시 자치구마다 중간지원조직을 만들어 '마을공동체 활동 사업'을 지원할 수 있는 조직을 만들었어요. 그중 저는 마을지원센터에서 주민들이 마을공동체 활동과 사업을 하실 수 있게 지원하는 실무자였어요. 일이 적성에 잘 맞았고 재미있었지만, 노동 시간이 정말 길었어요. 하루에 10~12시간까지도 일을 했죠. 이러한 업무 강도로 3년 정도 일하니, 건강이 안 좋아졌어요. 살도 정말 많이 쪘고요. '이렇게 사는 게 맞나?'라는 생각이 들었고, 내 삶의 주도권이 없는 느낌이었어요. 그래도 관성이 돼서 문제를 느껴도 쉽게 벗어나지 못하겠더라고요. 남들 다 하는 거 나만 못하는 사람이 되는 게 싫어서 숨겼고, 꾹 참고 견뎠어요. 그런데 몸과 마음 모두 힘들어지더라고요. 그때쯤 저도 똑같이 가지 작가님의 첫 책을 읽고 '와! 이런 청년도 있네? 신기하다.' 하고 알게 됐죠.

하지만 바로 시작은 못 했어요. 책을 마음속에 품고 있는 상태였어요. 조직 생활을 어떻게 지속할지, 앞으로 어떻게 살아갈지 이야기를 둘이 계속해보다가 청소일을 해보기로 했어요. 실패하더라도 일단 해보자고 한 거죠.

가지　그렇군요. 청소일 하신 지는 얼마나 되셨나요?

재현　햇수로 5년 차이고요. 2021년 11월 시작해서 현재 2025년 5월까지 계산해 보면 3년 6개월 됐어요.

가지　**주로 어떤 형태의 청소일을 하고 계세요?**

재현　크게 보면 두 가지인데요, 주로 사무실·상가 청소를 하고 있어요. 하나는 정기 청소, 하나는 일회성 입주 청소로 두 종류로 나뉩니다. 사무실 정기 청소는 주 1회나 격주 1회 등, 고객분들이 원하는 청소 일수를 요청해주시면 주로 주말에 사무실 비어 있는 시간에 가서 해드리고요. 평일에는 저 혼자 빌라 계단 청소를 합니다. 이렇게 정기 청소를 하고요. 그다음에 일회성 입주 청소는 사무실 입주 청소, 왁스 코팅 등이 있고요. 예전에는 가정집 청소도 했는데, 화장실, 주방 후드 청소 등 청소 자체가 어려운 구역이 많은 데다가 사무실보다 진행 단가가 낮아서 이제는 사무실과 상가 위주로만 하고 있어요.

가지　**청소일은 날씨에 영향을 많이 받잖아요. 일하면서**

가장 힘든 계절은 언제인가요?

영주 청소일에 대해 오마이뉴스에 기고한 적이 있어요. 그때도 기사에 썼는데요, 여름이 기후 위기 때문에 옛날이랑 너무 달라졌어요. 저희는 대체로 실내에서 일하긴 하지만, 한여름에는 실내도 굉장히 더워요. 주말에 중앙에서 가동하는 냉난방 시스템이 꺼져 있는 사무실들이 있어요. 아예 저희가 작동할 수가 없게 되어 있어요. 한여름에 에어컨 없이 사무실마다 1시간 넘게 청소를 하다 보면 정말 더워요. 예전엔 이렇게까지 힘들지 않았던 거 같은데… 저희는 둘 다 여름을 좋아하거든요. 그래서 더운 것도 잘 참는데 요즘 여름 날씨에 에어컨 없는 데서 일해보니까 처음으로 온열질환을 걱정했어요. 여름이 가장 힘들어요.

재현 저는 겨울이 반갑지 않아요. 기본적으로 추운 걸 싫어하기도 하고, 옷을 많이 껴입는 것도 움직임이 둔해져서 좋아하지 않아요. 눈이 오면 운전하기도 불편하고요. 또한 제가 세탁을 담당하고 있는데 세탁기가 외부 창고에 있어요. 겨울에 기온이 많이 떨어지면 세탁기 배관이 얼어서 동파되는 경우도 있어요. 그럼 그걸 또 녹여야 하고, 날씨가 추우니 빨래를 밖에 널어서 말리기도 어렵고요. 그래도 다행히 지금은 노하우가 생겨서 잘 이겨내고 있습니다.

가지 책에서도 다뤄지는, 사람들의 시선과 편견에 대해 이야기 나눠보고 싶어요. 일을 하거나 혹은 자신의 직업을 소개할 때 편견을 마주했던 경험이 있으신가요?

영주 청소일은 필수노동이지만 많은 사람들이 선망하는 일은 아니라고 생각해요. 돈을 벌고자 회사 일을 한다고 하면 그냥 평범하게 생각하는데, 돈을 벌려고 청소일을 한다고 하면 느낌이 다른 것 같아요. 듣는 분들이 당황해하는 느낌을 받을 때가 있었어요. 처음에 가족들도 청소일을 하는 것에 대한 걱정이 많았고요. '대학 나와서 왜 그런 일 하냐?'라고 하시기도 하고요. 더 이상 할 수 있는 일이 없을 때 마지막에 해도 되는 일 아니냐고 말한 사람도 있었어요.

재현 저는 그렇게 많이 없었던 거 같아요. 인간관계도 그리 넓은 편도 아니고, 고객이랑 직접적으로 만날 일도 많이 없고요. 다행히 주변 사람들은 제 성향을 잘 알아서, 편견을 가지기보단 응원을 많이 해줬어요.

가지 그렇다면, 두 분에게 청소일은 어떤 마음을 가지게 하나요?

재현 청소일은 내가 일한 만큼 공간이 깨끗해지잖아요. 특히나 왁스코팅 작업을 하면 바닥이 엄청 반짝반짝하게 되거든요. 거기서 오는 만족감, 보람도 분명히 있는 거 같아요. 그리고 안정감이요. 회사에서 받는 월급만큼은 아니지만, 정기청소 거래처가 어느 정도 확보되어 있으니 꾸준하게 수입이 발생하는 것에 대한 안정감이 있어요. 반대로 불안감도 있어요. 아무래도 거래처가 영원히 유지될 수는 없으니까요.

영주 가지 작가님 책에 '조금 다르게 살아보니 생각보다 행복합니다.'라는 구절이 있잖아요. 제가 청소일을 하면서 갖는 마음가짐이 그래요. 처음에 아버지가 걱정이 많으셨는데, 지금은 용돈도 드리고 같이 놀러 다니니까 그렇게 걱정하진 않으세요. 시간이 좀 걸리긴 했지만, 남들과 조금 다르지만 어쨌든 저렇게 잘 살아가고 있구나 느끼신 거 같아요.

시어머니도 청소일에 포용적이세요. 실제로 같이 하고 계시기도 하고, 청소일을 잘하고 좋아하세요. 그래서 이런 부분이 조금 다르지만 다 같이 포용하면서 재밌게 일할 수 있어서 '조금 다르지만 행복한 일이다.'라고 생각했어요. 안정감도 많이 느껴요. 생계에 대한 안정감이요. 엄청난 돈을 버는 건 아니지만 꾸준히 쌓이는 것 그리고 아무리 로봇청소기가 나오고 인공지능이 기승을 부려도 청소일만큼은 인간이 계속하지 않을까요?

가지 진솔한 이야기 들려주셔서 정말 고맙습니다. 마지막으로, 저희처럼 진로에 대해 도전하고 고민하는 분들에게 해주고 싶은 이야기가 있다면요?

재현 이것저것 시도해보시면 좋겠어요. 직장, 조직에서 너무 아프고 쓰러질 것같이 힘든데 '내가 이거 아니면 뭐 해서 먹고살아…' 하면서 너무 많이 참지 않았으면 좋겠어요. 내 적성에 잘 맞고, 지금 상황에서 시작할 수 있는 일이 있을 거예요. 구체적으로 그림을 그려 가다 보면 꼭 회사가 아니어도 생계를 유지할 수 있는 방법이 많이 보일 거라고 생각해요. 어렵게 들어간 회사에서 적응을 못했다고, 남들처럼 버티지 못한다고 해서 실패한 거라고 얘기를 들어야 한다면 그건 너무나 가혹한 것 아닐까요.

영주 자기 스스로의 욕망을 잘 살펴보는 과정이 필요할 것 같아요. 직업이라는 게, 어떤 시기에는 세 개가 될 수도 있고 또 다른 시기에는 하나일 수도 있다고 생각해요. 스스로가 뭘 좋아하고 잘하는지를 알고 그것들의 교차점을 찾아보면 도전하고 시도해볼 만한 일들이 있을 거예요. 그리고 너무 원론적이지만, 리스크가 큰 것보단 적은 것들로 많이 경험해봐도 좋을 듯해요. 일단 뭐든 해봐야 나한테 맞는지 아닌지 알 수 있잖아요. 그리고 시도하다가 정신적, 육체적으로 힘들다고 자신을 너무 낙오자 취급하진 마세요. 세상에는 정말 무궁무진한 가능성이 열려 있다고 생각해요.

가지   안녕하세요. 울산에서 먼 길 와주셔서 고맙습니다.
간단히 소개 부탁드려요.

은민   저는 울산에서 종합청소업체를 운영하고 있는
김은민이라고 합니다. '청소의 고수'라는 업체를
운영하고 있습니다. 혼자서 하고 있진 않고요. 친
구들과 팀을 꾸려서 하고 있습니다. 저와 제 친구
들 다 각자 개인사업자로 운영하고요.

가지   반갑습니다. 이렇게 인터뷰를 요청 드린 것은 청년
청소부들이 각자 어떤 마음으로 이 일을 임하고
있는지 궁금해서였어요. 왜 이 일을 시작하게 되셨
나요?

은민   코로나 시기에 배달 장사를 두 개나 하고 있었어

요. 그때 방역 지침이 왔다갔다 하면서 상황이 좋지 않았어요. 그러다 보니 매출도 안정적이지 못했죠. 저는 결혼도 했고 곧 딸도 태어날 시기였는데 불안하더라고요. '뭘 해야 되지?' 싶어서 혼자 끙끙 앓고 있었는데 어떻게 알고 인스타 알고리즘에 청소학원 광고가 뜬 거예요. "월 천만 원 벌 수 있다!" 이렇게요.

아내와 상의를 하고, 그 이후 인천에 올라와서 교육 받고 나서 창업하게 됐어요. 결국 이 일을 시작한 근본적인 이유는 미래에 대한 불안감이었어요. 2022년 8월 1일부터 시작해서 지금 25년 5월이니까, 2년 9개월, 3년 차네요.

가지 **주로 어떤 형태의 청소일을 하고 계세요?**

은민 기본 베이스는 정기 청소예요. 카페, 병원, 관공서, 회사 사무실 같은 공간들을 주기적으로 하는 청소죠. 그 외 일회성 청소들이 있는데요. 예를 들면 준공 청소, 입주 청소, 외벽 청소, 주방 청소 같은 것들이 있습니다.

정기 청소 같은 경우는 제가 직접 하진 않고요. 직

원을 고용해서 하고 있어요. 저는 주로 팀원들과
큰 규모의 일회성 청소를 담당으로 하고 있고요.

가지　청소일은 주 몇 회 하시고 하는 날과 안 하는 날의
하루 일과는 어떻게 다른가요?

은민　저는 정해진 청소 요일은 없어요. 가끔 직원들이
아프거나 일이 생겼을 때 가서 해주고 있어요. 사
실 정기 청소는 직접 안 하지만 2년 동안 쉬어본
날이 없어요. 매일 했거든요. 일회성 청소나 규모
가 큰 청소가 들어오면 친구들하고 다 같이 평일
주말, 야간 새벽 가리지 않고 들어오는 대로 했어
요. 그때 좀 미쳐 있었어요. 생각해보니 일을 안
한 적이 없거든요. 그래도 요즘은 좀 일을 줄이려
고 하고 있어요. 보통 아침 8시에 현장을 가면 아
무리 늦어도 5시에는 마무리하려고 해요. 5시 안
에는 끝날 수 있게 스케줄을 짜는 거죠.
만약 그 안에 못 끝낼 거 같으면 다음 날로 넘겨
서 작업하고 있어요. 그렇게 일 끝나고 집에 가면
밤 9시까지 육아를 합니다. 육퇴하면 또 견적서
작성하고 블로그 글 쓰고 영상 편집하고… 새벽

12시에서 1시쯤 잠에 들어요.

가지   정말 바쁘게 지내고 계시네요. 제가 힘들다고 한 것이 부끄러워질 정도예요. 이렇게 쉼 없이 일을 했을 때 편견도 적잖이 마주하셨을 듯한데요. 그럴 때 어떤 마음이 드셨나요?

은민   가지 작가님 책에서 견뎠다고 하셨잖아요. 저도 견뎠어요, 그냥. 돈이 되니까.

저는 청소일을 하면서 직업적 열등감이 많았어요. 어렸을 때부터 남 눈치를 많이 보던 사람이었거든요. 누가 날 어떻게 보는지, 날 멋있게 봐주는지, 그런 것들이 여전히 중요했던 사람이고요. 생각해보니 저 또한 편견이 심한 사람이었더라고요. 만약 제가 편견이 없었더라면 오히려 누군가 저를 편견의 시선으로 봐도 몰랐을 것 같아요. 그런데 제가 그 편견의 눈빛을 아는 거예요. 저도 누군가를 그렇게 바라본 적이 있었거든요. 그렇게 청소일을 하면서 역으로 제가 편견이 많은 사람이란 걸 깨닫게 된 거죠.

그런데 실제로 겪어본 청소하시는 분들은 생각

보다 멋지고 자기 삶을 잘 꾸리고 사시는 분들이
었죠. 이런 실상들을 마주하면서 스스로 편견을
버려야겠다고 생각했죠. 결국 이런 마음들을 잘
정리하면서 견뎌냈습니다.

가지   나이가 어느 정도 있는 분들이 청소일을 해도 저희
와 똑같은 시선을 받을까요?

은민   이런 직업에 대한 사회적 편견이 어디서 시작됐
을까 생각해보면, 사실 아주 어릴 때부터였던 것
같아요. 초등학교 1학년 때부터 학교에서 매일
같이 청소를 시키잖아요. 학원이든 집이든, 어른
들이 가장 자주 하는 말이 "공부 좀 해", "청소 좀
해"예요. 청소는 늘 일상 속에 있었고, 누구나 해
야 하는 일처럼 인식돼 왔어요.
예를 들어 "노배 좀 해", "타일 좀 붙여" 같은 말은
일상에서 안 하잖아요. 그건 기술자만 하는 일로
인식되니까요. 반면에 청소는 초등학생도 하고,
누구나 할 수 있는 일처럼 여겨지죠. 그래서 '기
술'로 보지 않는 거예요.
하지만 실제로 청소일을 해보면 많은 사람이 가

장 먼저 하는 말이 "와, 이거 아무나 못 하겠네"예
요. 체력적으로도, 정신적으로도 만만치 않고, 전
문성도 필요하거든요. 그럼에도 사회는 '청소'라
는 단어 하나로 이 일을 낮게 평가하죠.

외국 영화에서도 그런 장면이 많아요. 인생 망한
사람이 로프 타고 외벽 청소하는 모습, 은퇴자가
막노동하는 장면. 그런데 실제로 로프 타는 일은
고도의 기술이 필요한 전문직이에요. 멋지고 대
단한 일인데, 그렇게 안 보여주는 거죠.

저는 굽신거리면서 일하지 않아요. 현장 분위기
가 너무 안 맞으면 퇴근하기도 하고, 일을 안 하
기도 해요. 부딪칠 일 있으면 싸우기도 하죠. 그
런데도 이 일에 종사하는 사람들은 사회적으로
늘 무기력하거나 순종적인 모습으로만 그려지는
게 좀 별로예요.

가지　청소일을 통해 가장 얻고 싶었던 것은 무엇이었나
　　　요? 그중에 얻은 것이 있으신가요?

은민　처음 이 일을 시작할 때, 제가 얻고 싶었던 건 단
　　　하나, 돈이었어요. 대단히 부자가 된 건 아니지만

우리 가족이 걱정 없이 살 만큼은 벌고 있어요.
그게 지금 제 기준의 '성공'이에요. 목표했던 만큼
은 이뤘다고 생각해요.

사람들이 청소업에 종사하는 사람들에게 흔히
묻잖아요.

"왜 청소하세요?"

방송에서도 인터뷰할 때 보면, 많은 분이 이렇게
말하죠.

"깨끗해진 공간을 보면 뿌듯해서요. 돈보다는 성
취감이 더 커요."

저는 그게 가식이라고 생각해요. 깨끗해지는 건
물론 좋죠. 근데 정말 그것만 바라면 봉사활동을
하지 왜 이걸 직업으로 하겠어요? 저는 그 공간
이 깨끗해져서 고객이 돈을 줄 때, 그게 기뻐요.
내 통장에 돈이 들어올 때 뿌듯한 거예요. 청소라
는 행위 자체로는 뿌듯하지 않아요. 집 치우는 것
도 싫은데요. 이런 말 하면서 '내가 너무 속물인
가?' 싶기도 하지만요.

근데 저는 그저 가족을 책임져야 했고, 수입이 불
안정했던 상황에서 돈을 벌기 위해 청소일을 시

작했어요. 그레시 이 일로 돈을 벌었던 때가 가장
좋았죠. 또 한편으로 사회의 구성원으로서 인정
받는 느낌이 들어요. 사람들이 저를 긍정적으로
바라봐주고, 그게 저한테 큰 도파민으로 돌아와
요. 이제는 그 인정이, 가끔 돈 이상의 의미로 다
가오기도 해요.

가지 혹은 잃은 것들도 있나요?

은민 곰곰이 생각해보면, 이 일을 하면서 사업적으로
는 얻은 게 더 많아요. 잃은 건 거의 없을 정도고
요. 그런데 가족과의 유대감을 잃었어요. 일에 몰
두한 만큼 가족과 특히 딸과 함께 보내지 못했거
든요. 그 부분이 가장 아쉽고, 그래서 요즘은 시
간을 자주 보내려고 노력하고 있어요.

가지 속깊은 이야기 나눠 주셔서 정말 고맙습니다. 마
지막으로 여전히 진로나 직업에 있어 고민을 품고
계신 분들에게 해주고 싶은 말이 있다면요?

은민 사실 저는 사람들이 너무 질문만 하는 게 답답해
요. "이거 하면 돈 벌어? 일 많아? 꾸준해?" 이런

질문들 말이죠. 솔직히 말해서, 저는 스무 살 이후로 어머니랑도 상의한 적이 한 번도 없어요. 그냥 내 멋대로 했고, 잘 안 되면 그건 내 책임이니까 남 탓도 안 했고요. 그래서인지, 그런 질문 자체가 잘 이해가 안 돼요. 그냥 해보면 되는 거 아닌가요?

물론, 40대, 50대면 상황이 다르죠. 가정도 있고 안정도 필요하니까 조심스럽고 고민할 만해요. 그런 분들에겐 성심성의껏 대답해 주죠. 하지만 한창 젊은 분들한테는 "일단 해봐라."라고 말하고 싶어요. 유튜브 한 번만 찾아봐도 다 나오는데 왜 계속 고민하고만 있을까요.

정리하자면, 딱 한 줄로, 하고 싶은 게 있다면 "제발 남들한테 그만 좀 물어보고 일단 해라." 입니다.

저 청소일 하는데요?

개정판 1쇄 발행   2025년 8월 20일

지은이   김가지

편집   이혜재
디자인   MALLYBOOK 최윤선, 오미인, 조여름
제작   세걸음

펴낸이   이혜재
펴낸곳   책폴
출판등록   제2021-000034호
전화   02-911-9390
팩스   0303-3447-9390
전자우편   jumping_books@naver.com

© 김가지, 2025

ISBN 979-11-93162-49-1   (03810)

너와 나, 작고 큰 꿈을 안고 책으로 폴짝 빠져드는 순간
책폴

블로그   blog.naver.com/jumping_books
인스타그램   @jumping_books